AF617791

PlAyLiSt

ToDa MiViOLeNciA eS tUyA^^

CaRoLiNa YuStE

CaRoLiNa YuStE

Hace más de dos años recibimos un correo de la jefa de prensa de Carolina Yuste (Badahó, 1991) contándonos que a ella le gustaba mucho nuestro trabajo, que estaba escribiendo una novela y quería enviárnosla por si nos interesaba publicarla. Conocíamos el trabajo de Carolina, que ya por entonces había ganado su primer Goya a la mejor interpretación femenina de reparto en *Carmen y Lola*. Cuando leímos su proyecto de novela descubrimos que, además de una gran actriz, estábamos ante una persona implicada políticamente, y que su texto, a pesar de que aún tenía que crecer y transformarse, tenía una fuerza y una oralidad que conectaba perfectamente con nuestra línea editorial.

Mientras trabajaba en esta novela, Carolina ha tenido tiempo de ganar otro Goya, esta vez como actriz protagonista, por *La infiltrada* (2024), ser nominada por su cortometraje *Ciao Bambina* (2024) y también como actriz protagonista por *Saben aquell* (2023), además de participar en la obra de teatro *Caperucita en Manhattan* o interpretar a Massiel ganando Eurovisión en la serie *La canción*. Casi na.

Carolina Yuste se formó en la Real Escuela Superior de Arte Dramático de Madrid y en el centro de investigación teatral La Manada. Aparte de su contrastada trayectoria profesional, no queríamos dejar de destacar su activismo y su defensa por los derechos LGTBIQ+, la igualdad de género y la inclusión social.

Título original: *ToDa Mi VioLeNciA eS tUyA*

Primera edición: mayo de 2025

Segunda edición: octubre de 2025

Corrección y maquetación: Editorial Barrett

Revisión del texto en catalán: Joana Morales

Comunicación y prensa: Belén García | comunicacion@editorialbarrett.org

Impresión: *Estugraf* | Total ejemplares impresos: 15.000 ejemplares

ISBN: 978-84-18690-73-0

Depósito legal: SE 783-2025

ToDa MiViOLeNciA eS tUyA^^

CaRoLiNa YuStE

BARRETT

Está siempre ahí, justo detrás del pensamiento.
HÉLÈNE CIXOUS

Ella mira el mar, es lo que puede hacer. Y su mirada está limitada por la línea del horizonte, es decir, por su incapacidad humana de ver la curvatura de la Tierra.
CLARICE LISPECTOR

Báilalo, báilalo, báilalo, baila, niña, ese fandango, báilalo, que cuando bailas tu cara resplandece como el sol, báilalo. La Virgen de Guadalupe es morena y muy bonita por eso a las extremeñas nos gusta ser morenitas.
FANDANGO EXTREMEÑO

Cuando el yo queda herido desde fuera, tiene al principio la rebelión más extrema, la más amarga, como un animal que se resiste. Mas no bien el yo está medio muerto, desea ser rematado y se deja conducir hasta el desvanecimiento. Si un toque de amor lo despierta entonces, aparece un dolor extremo que produce ira y a veces odio contra quien lo ha provocado. De ahí las aparentemente inexplicables reacciones de venganza en contra de su benefactor por parte de esos seres caídos. También puede ocurrir que no sea puro el amor del benefactor. Entonces, al recibir inmediatamente el yo despertado por el amor una nueva herida de desprecio, surge el odio más amargo, un odio legítimo.
SIMONE WEIL

Los 2000 no fueron cosa fácil

A veces, lo que nos caracteriza como especie no es la capacidad de cooperar, sino la rebeldía. En aquellos años, absolutamente llenos de Don Omar, del Paseo de Badahó o El Vivero-botellón, no poca absenta pedíamos a largas horas de la noche pa no llegar nunca. No llegar nunca. Éramos cuatro o cinco, o probablemente fuimos más de la mitad de las niñas de nuestra edad, las que dando vueltas con un vaso de plástico en las manos buscábamos que nos buscaran. La mitad de nosotras no teníamos suficiente vocabulario. En estos años, dominadas por el impulso, muchas conocimos la jugada maestra del límite fronterizo pa seguir vivas. Allí, en los 2000, Las Chuches, Fondo Flamenco, Kiko y Sara, Daddy Yankee, Niña Pastori, las pastillas abortivas ilegales, el tabaco industrial Lucky o Ducados rubio, la manifestación del No a la Guerra, el 11M, el 11S, *Noviembre*, llámame que no tengo saldo y Mónica Naranjo. El primer *Operación Triunfo*, *Gran Hermano*. El primer guantazo. El trío de las Azores invadiendo tu propio Yo. Entendiendo muy rápido, muy pronto y muy sin sentido que las opciones de existir no son exactamente iguales ni exactamente iguales ni exactamente iguales ni exactamente iguales. Por eso, podíamos salí y gritá y bebé y bailá y follá y quedarnos preñás y enterarnos porque nuestra pareja nos acababa de dar una paliza y, al comenzar a sangrar, ir a urgencias. El Santi. Y tú tenías catorce pa quince. Y tú tenías catorce pa quince y no tenías ni puta idea de qué coño estaba pasando. Tú solo recuerdas que hubo un día en el que, mientras gritaban No a la Guerra, mientras había torres cayendo, edificios de prensa eran bombardeados, mientras Estados Unidos armaba hasta los dientes a los talibanes, sonaba Aventura en la Feria y se llevaban calcetines dentro de los calcetines pa hacer bultos y que la campana del pantalón quedase más ancha, tú...

Abajo.
Debajo del suelo.
Debajo de debajo del suelo.
Debajo de debajo de debajo del suelo.

Llego a casa de mi amiga Tatiana, la Tati, y allí están mis tres imprescindibles de los 2000. Mi prima Cata, Sole y la Tati. Listas pa comenzar el ritual del viernes noche, o quizá es jueves, o sábado. Pa salir paí. No sé, quizá estas noches son un bucle o un aviso. Hay cosas básicas: la plancha de la ropa pa alisar el pelo. Comprar cuatro perritos calientes —que es probable que en algún momento de la noche yo expulsase—, tabaco y algunas perras que compartimos entre las cuatro dependiendo de quién tuviese esa semana. Listo. Ketchup y mayonesa, mi favorito.

La Cata siempre es la que más tarda, sin duda, y su pelo es el mejor, sin duda. La Tati nunca tiene tabaco. Sole tiene un novio al que le falta una patatina pal kilo y yo siempre con bigote. No es una cuestión reivindicativa, no tengo ni idea de lo que significa esa palabra, es pura pereza. Vamos, que me importa tres leches y, bueno, que siempre fui un poco farraguas.

Tabla de planchar puesta y caliente. *Very well* fandango. Suena *El pantalón*, de Las Chuches. Mi prima Cata, peine y plancha en mano, le hace un buen alisado japonés sin queratina a Sole. La Tati me coge un cigarro y elige entre la camiseta negra con brillos dorados o el top con las tirantas del sujetador por fuera. Sin duda segunda opción. Tacones de pico incómodos de ocho euros del Marypaz o botín feo de charol negro. Esta segunda es mi opción. De fondo Jaime Cantizano en *Dónde estás corazón* discute con alguien sobre otro alguien. Es increíble la cantidad de álguienes que esperan sedientos de caricias cinco minutitos de atención. Mari, que es la madre de la Tati, escucha atenta y no se fija en que la ceniza del cigarro le quema las uñas.

La cantidad de Marías que existen es directamente proporcional a la cantidad de dolor acumulado y rabia contenida.

No hay mucho que hacer en esta ciudad que no sea salir a hacer botellón. O quizá sí. Quizá hay una oferta cultural de la hostia que me estoy perdiendo. Aunque lo dudo. Además, a mí hacer botellón es una cosa que me parece estupenda. Bastante llena estoy de libros que leo para intentar llenar mi cerebro de información y que así no me duela el estómago. Y llenar mi cerebro de palabras escritas para construirme un Yo que tenga espacio en la ilustración y en el consejo de sabios que no compran en el mercadillo. Que, por cierto, son los martes y domingos. Los martes siempre voy con mi agüela. Los domingos en las Malvinas. Suerte de Saavedra, papá, ya lo sé. Pero es que siempre le hemos llamado las Malvinas porque allí estaban, donde Cristo perdió la chancla. Y en el quiosco de las Malvinas compramos la *Super*

Pop, la *Loka*, la *Bravo* y un cigarrito, por favor. ¡Ah, coño, mi madre! Pa aprender a tragarse el humo. Y bien pronto aprendemos a tragá. Tragá sin digerí, por supuesto. Añugaíta viva.

Otro imprescindible son las breas y las pipas. Tijuana pa la Tati, con sal pal resto. Negrita cola pa nosotras, JB cola pa ellos. Dos o tres bolsas de hielo y quince personas más, atrochamos por la Granadilla pa juntarnos en El Vivero, alrededor del estadio de fútbol a bebé y fumá y bebé y fumá y meá detrás del árbol que está un poco alejao, pero lo suficientemente cerca pa volver corriendo si alguna de tus amigas está en un problema. Problema es que nunca tenemos unos putos clínex. Y venga vámonos que me quiero ir a bailá, y venga espera un poco no me seas agonías que todavía queda botella. Una vez reventé una botella de JB en la cadera del Santi y otra vez reventé una luna de un coche, porque el mindundi escuchimizao que lo conducía lo puso a ciento ochenta diciendo que me iba a matar camino a San Isidro.

A San Isidro vamos los domingos a hacer barbacoa ahora que todavía se pueden hacer barbacoas. Hay caballos, cerdos y también cerdos. Hay cerdos vivos y cerdos muertos troceados en pequeñas partes que ponemos a las brasas al lado de los cerdos vivos pa que ellos sepan qué lugar ocupan y pa que nosotras podamos disfrutar del sol sin romería. En el campo puedes permitirte cierto descanso. Es una especie de relajación activa entre encinas, olivos y alcornoques. Dicen que las bellotas tienen un valor nutricional increíble y que los cerdos tienen un corazón muy parecido al de los humanos. Ibérico de bellota. Pero, salvo en Badahó estos domingos, yo nunca he visto a nadie comer bellotas y pienso que es pienso, y que nuestro queridísimo *Sapiens* no querrá comer lo que es pienso para lo que es Cerdo.

Es domingo y es día de Dios. Le profeses fe o no. Es día de todo cerrado. Son los 2000 y vivimos en Badahó. A nadie se le ocurre abrir un comercio o pensar en la posibilidad de trabajar-ser explotado un domingo. El domingo es séptimo día y el verbo se hace carne. El cerdo se hace carne.

Nunca te fíes de aquellas personas que odian los domingos.

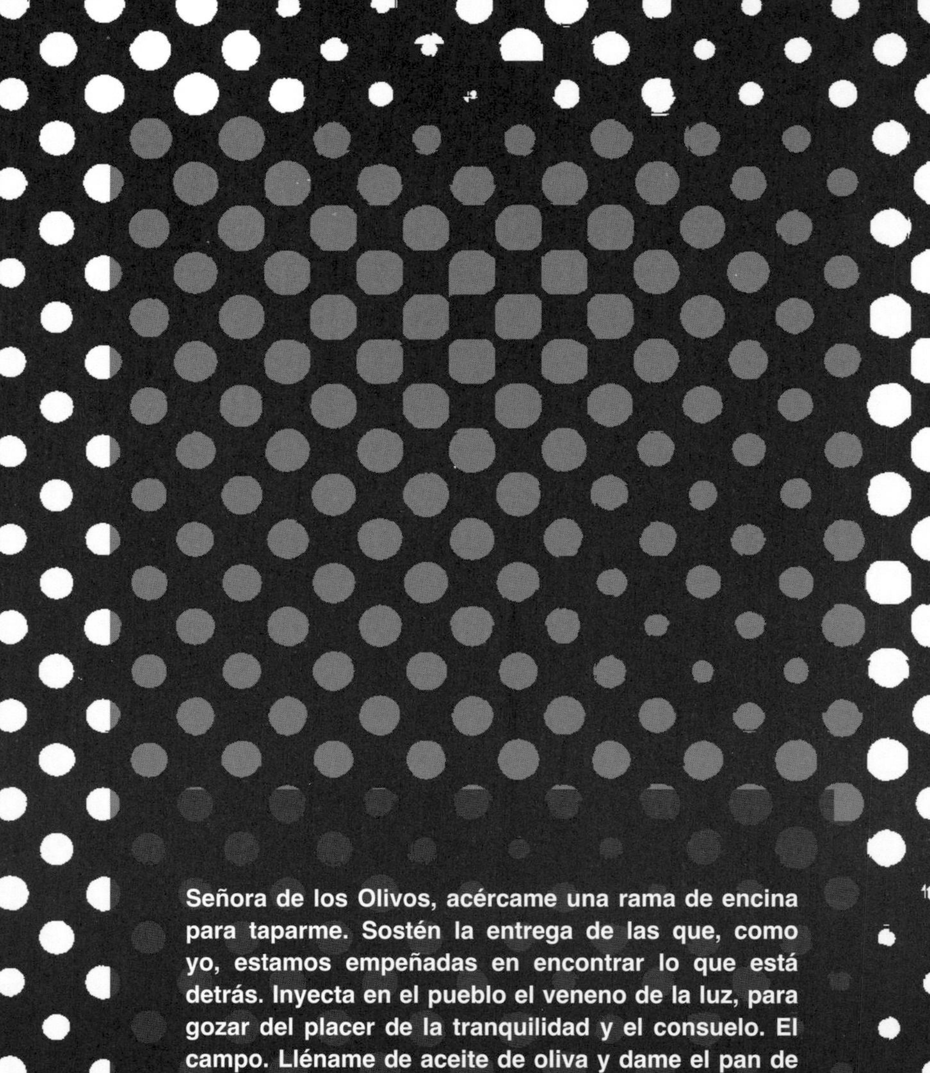

Señora de los Olivos, acércame una rama de encina para taparme. Sostén la entrega de las que, como yo, estamos empeñadas en encontrar lo que está detrás. Inyecta en el pueblo el veneno de la luz, para gozar del placer de la tranquilidad y el consuelo. El campo. Lléname de aceite de oliva y dame el pan de los domingos. Y así sumergirme en el líquido eterno, que será entregado por ti a las que aquí caminan. Expándete entre soles. Nosotras, las desterradas, nutriremos cuerpos sin vida y alcanzaremos la plenitud de la tierra fértil que alimenta. Para acompañarte entre petróleo y gas y así desterrarlos del camino posible.

Así será, así será.
Para las causas imposibles.

Semiótica

Varias cosas:

1. El café de la mañana, religión.
2. A partir de 33 °C, si no tienes agua cerca, estás jodida.
3. Extremadura es extrema, extranjera y de extrarradio, extraordinaria y extravagante, extraordinariamente llena y extraordinariamente vacía.
4. Lisa, en la mitología griega, es la personificación de la ira frenética, la furia y la locura producida por la rabia, también en los animales. Se representa con serpientes en la cabeza y los ojos centelleantes, falda corta y un gorro de cabeza de perro.
5. Un día te mueres y ya.

Es pronto para que todo sea tan oscuro, no son ni las seis. Ha pasado noviembre y, en mi terraza, las plantas y flores no tienen el color ni las ganas de mayo. Dentro, la calefacción central se enciende de dos de la tarde a diez de la noche, nuevas restricciones por lo del desastre climático o por lo del gas de Argelia. O simplemente para que tu espacio deje de ser cómodo y cálido y salgas a la calle a producir, reproducirte o consumirte. Una convención.

Ahora dos personas que no se gustan ni se desean, y ni siquiera son capaces de escucharse mínimamente, se desnudan sin mirarse en una cama del piso número indefinido del bloque del centro de la ciudad que más estrés y ansiedad genera. No las conozco, pero se parecen a todas las demás. Es probable que una de ellas piense en otra persona y que la otra persona piense en que tiene que hacer la compra porque le falta leche de arroz y mañana no podrá hacerse el café de la mañana, que es el que más le gusta. Aparentemente estas personas están felices, si es que podemos definir la felicidad de alguna manera, si es que podemos definir un estado transitorio de alguna manera. Aparentemente tienen ganas de despertarse cada mañana para ir a sus puestos de explotación a lidiar con otra panda de *Sapiens laborans* que alardean de que ayer justo estuvieron viendo el partido de fútbol que se celebraba en uno de los países que más vulneran los derechos humanos del mundo. Supervivencia extrema. Orgasmo fallido.

En mi casa hay varias cosas importantes: dos cuadros que pintó mi madre, un poema que me escribió mi amigo Álex, una estampita de la Virgen de la Esperanza, una planta de incienso y *La gravedad y la gracia* de Simone Weil. Digo mi casa, pero de mía nada. Es un espacio que alquilo por dinero. El dolor de estómago hoy ha decidido darme una tregua y eso implica que puedo comer sin tanto miedo a que cualquier cosa que entre en mi estómago sea considerada tóxica. Sin la obsesión, casi siempre constante, de que la comida y yo no terminaremos nunca de llevarnos bien. Si es ahora o fue antes, poco importa. Si la propia acción de la expulsión generó un pensamiento constante de rechazo y eso ha constituido una estructura celular dismórfica, poco importa. La palabra y la emoción se dividen y dejan de correlacionarse como aparentes partes de un mismo yo. Entonces todo es dual e inconexo. La fugacidad del instante ahora, ahora, ahora, ahora, ahora, ahora, ahora, ahora, ahora, ahora, ahora, ahora, ahora.

Ahora se debaten dos personas entre escribirse ese mensaje o no hacerlo nunca. Se debaten si dejar pasar el tiempo y confiar (esto es una mentira) en que todo pase y todo se coloque en un lugar nuevo. Que todo sane con el tiempo. Imposible acción. Acción insoportable.

Ahora hay una mujer que duerme en la calle.

Ahora hay un hombre de unos setenta y cinco años hablándole a su perro. Imposible acción.

Ahora un chique de quince años está pensando en cómo decirle a su madre que está harte de verla llorar por las noches y que tiene miedo.

Ahora hay una mujer que le revienta el cráneo al violador de su hija.

Ahora un hombre de unos sesenta y tres años haciendo una sesión de pranayama en el salón de su casa.

Ahora hay un grupo de activistas climáticos siendo escuchados por el resto.

Ahora hay un expresidente del Gobierno italiano ofreciendo mujeres prostituidas a un equipo de fútbol.

Ahora alguien lanza en Twitter toda su violencia contra una mujer ministra.

Ahora alguien acaricia a su gato mientras ve la última serie de Netflix.

Ahora hay una chica rubia en Lavapiés inyectándose heroína.

Ahora el metro se desborda por la lluvia.

Ahora una pareja llega al orgasmo.

Ahora alguien se ríe muy fuerte con un chiste muy malo que le acaba de contar su mejor amiga.

Ahora alguien está levantándose de la mesa en la que está comiendo con sus amigos para ir disimuladamente al baño y expulsarlo todo, incluso a sí misma.

Ahora una mano acaricia una nuca.

Ahora alguien recoge los calabacines del huerto.

Ahora un hombre con pañuelo azul duerme en el desierto.

Ahora una familia de cinco comparte mesa, gazpacho y lentejas.

Ahora alguien se baña en una piscina y hace ochocientos metros a crol.

Ahora una niña baila.

Ahora alguien se come una tostada con tomate y aceite.

Ahora ella no habla y no pide que pare y no dice no y no se resiste.

Ahora un bebé entra al mundo.

Ahora hay gente cruzando una frontera escondiéndose de la policía turca.

Ahora un padre le cuenta el cuento de pan y pimiento a su hija.

Ahora alguien llama por teléfono a sus amigas para que la sostengan.

Ahora muere una persona sin hogar dentro del contenedor de ropa en el que dormía.

Ahora una mujer llora en un concierto.

Ahora un hombre camina en el alambre.

Ahora dos mujeres se tocan los pies en el sofá de casa mientras escuchan un *podcast* sobre el universo y la muerte de las estrellas.

Ahora hay una mujer de dudoso tinte celebrando su cumpleaños en un yate entre Ibiza y Formentera.

Ahora el Mediterráneo.

Ahora alguien se ahoga.

Ahora alguien muere.

Y ahora también.

Y ahora.

2000 que aparecen

Wisin y Yandel en coches negros con los graves muy fuertes. *Tienes un cuerpo brutaaaaal woooooo que todo hombre desearía tocar woooooo sexy movimiento oh oh oh.* Retumban las calles. La vibración interiorizada. Absolutamente interiorizada y necesitada de unos ojos que ya no son los míos ni tampoco los de mis amigas. *Y tu perfume combinao con el viento qué rico huele.*

De pingoneo en la Bambú o en la Forever o en aquella discoteca de la barriada de Llera que está al lado del puticlub donde muchos de ellos terminan la última copa. La última oportunidad pa *Mojo Dojo Casa House* y entender que pueden. Que lo hacen porque pueden. Porque lo normal es lo normal, y llenos de saliva y de JB se meten en un espacio de mujeres, la mayoría de ellas migrantes, a compartir entre ellos lo normal, habitual u ordinario. *Dicho de una cosa que se halla en su estado natural, que sirve de norma o regla y que por su naturaleza, forma o magnitud, se ajusta a ciertas normas fijadas de antemano.*

Nuestro estado natural estas noches es una mijina de tabaco, tequila y sal. Salimos a partir de las once o a partirnos por la mitad. Nunca muy conscientes pero tampoco del todo inconscientes. No, no solo estoy hablando de sobriedad. No es una cuestión de alcohol. No siempre tenemos la capacidad de reconocer la realidad y relacionarnos con ella. *Con un vaso de menta*. El conocimiento inmediato que teníamos de nosotras mismas *en la mano un vaso en el pelo un lazo maquillá con su cartera nunca pierde el paso*, era pura gasolina.

Mis amigas ya empiezan con la retahíla de que bailo demasiao, que llamo mucho la atención. Que estoy como una regaera. *Préndete y ponte rabiosa*. Que muevo demasiao el culo, que me miran demasiao y, claro, es normal que me miren porque estoy siendo demasiao exagerá. ExCeDo Lo nEcEsArIo Y CoNvEnIeNtE. iNteNsiDaD ExCeSIvA. La Tati termina bebiendo cerveza siempre. Lleva el pueblo en la espalda y por bandera.

En el pueblo de la Tati hay más Amstel que agua. Como en to los pueblos, vamos. La Orquesta Factoría está en la carpa donde el polideportivo. Luces RoJaS y VeRdeS. Luces bLaNcaS y rOsAs. Luces aMariLLas y AzuLes. Mucho plástico y mucha pena. Hay tanta gente que parece un entierro. Un entierro de pueblo en el que las mujeres de más de cincuenta y siete han ido a la peluquería y los hombres al bar a darle al pirriaque. Después se juntan en la plaza del pueblo a esperar que se abra la iglesia y puedan entrar uno a uno pa dar el pésame y ser vistos. Ah, mira, ha venido la Juani y la Rosi con su prima Rocío, que anda más perdía que el barco del arroz. Son los mayores y mejores eventos del año, el entierro y la romería. Entierro y verbena. Al menos comunidad, al menos que el señor esté contigo y con tu espíritu. Porque si algo caracteriza un pueblo, en este caso el pueblo de la Tati, es que en la salud y en la enfermedad se está siempre. Pase lo que pase. Entierro y romería. Como aquel día de julio que enterramos en el pueblo de la Tati al profesor que siempre me decía que yo era como su hija. Y yo me puse muy nerviosa porque mientras tapiaban la tumba en el cementerio la gente hablaba. No supe entender que la forma de expresión no siempre es el silencio y mejor eso que la chicharra. Y después me fui con la Tati a su casa que era blanca y fresca porque ella ya estaba harta de aparentar una forma de expresión y de tapiar y del caló que hace en un entierro en un pueblo de Extremadura entre Cácereh y Badahó.

Fondo Flamenco y un pasodoble pa terminar justo antes del lago con algún DJ que pinche *Caribe Mix 2005*. El camión de la orquesta está en el polideportivo, el suelo ya encharcao y pegajoso. Mientras bailo en el centro de la pista de arena con los ojos cerrados, mientras consigo por un momentino de na no estar muy dentro ni muy fuera de mí misma, un poco en trance un poco por necesidad, un muchachino que a todo el mundo le cae bien le mete mano a Fany, una morenaza medio italiana que vive en Trujillo pero que siempre viene al pueblo en las fiestas. Guantazo. Dos hermanos discuten porque ya es hora de irse a casa. Guantazo. Un grupo de cuatro bailan y suben a la más rubia a caballito. Guantazo. En los baños dos colegas mean, supuestamente. Guantazo. Hay pocos grupos mixtos. Guantazo. Yo llevo un chándal del Barça en un pueblo del Real Madrid. Guantazo. La Tati está buscando a su prima que lleva horas sin aparecer. Guantazo. Cata llama por teléfono a su madre pa decirle que la quiere y que siempre la echa de menos cuando sale unos días de casa. Guantazo. Está un poco borracha. Guantazo. Sole le cuenta a una desconocida que el novio este que tiene le ha regalao una Blackberry. Guantazo. Un coche se para detrás de mí. Guantazo. Me llaman por teléfono. Guantazo. Hola. Guantazo. ¿Dónde estás? Guantazo. En el pueblo de Tatiana. Guantazo. Date la vuelta.

A la Tati le di un guantazo una de las noches en las que él aparece sin avisar. Pero lo presiento antes. La sensación de que la hostia se aproxima llega mucho antes de que su cuerpo, el de Santi, haga su aparición justo detrás de mi nuca. Un sobresalto. Salí de la discoteca y discutí con la Tati porque nada era ya importante salvo la presión en el pecho y aquí estoy yo y tú a mí no me dices eso y deja de decirme lo que tengo que hacer y qué dices tía si yo solo que te calles que no puedo que acha que solo te estoy diciendo que guantazo.

Y dejó de hablarme durante una semana. O dos. Fui a buscarla a su portal pa pedirle perdón, que mira tú que me cuesta, pero Tatiana, la pejiguera, la Tati, la que se me presentó en una discoteca diciéndome ¿tú eres la novia de mi primo nooooo? Con ese soniquete típico de la tierra, esa canción parriba y pabajo. Y ni primo ni na, solo chulería. La que se enfadó porque mis amigas y yo nos apropiamos de «su banco» en el parque de abajo de casa de la Cata. La que después de salir a correr se compra una bolsa de patatas Lays. La que tiene un ordenador en la habitación de su hermana en el que pone rumba portuguesa y baja a buscar a los bancos del barrio a aquel que la espera. Tatiana, la Tati, es de las pocas que te sostienen aunque esté derrumbándose. Es la que, aun rota completamente, es capaz de salir a buscarte cuando estás perdía. Es con la que comparto recomendaciones de libros que nunca terminamos y es la que siempre termina conmigo la noche cuando cae la pelona y eso yo no puedo perderlo. Aunque nos toque dormir en el portal porque es demasiado tarde pa llegar a casa. Venga, levanta el jopo. ¿Quieres un piti?

Es de noche y hay otra carpa en el campo del pueblo de la Tati al lado de al lado de una miniermita al lado de una barra de metal en la que sirven minis de cerveza y de calimocho. Nunca me ha gustado la cocacola, aunque tuve una época de adicción al Redbull. Nada más levantarme de la siesta, Redbull. Porque una de las ventajas de ser de provincia y de que el instituto te pille cerca de casa es que llegas, comes y te echas la siesta. Poder dormirte la siesta significa que todo está bien. La siesta debería estar recogida en la constitución. Te alabamos, óyenos.

El Santi, que parece que está montao en el dólar, lleva una camiseta muy ajustada blanca, un pantalón vaquero negro y unas pumas blancas y doradas. Evidentemente no viene en la moto. La moto. La moto. La moto. Su vida. Una mierda de Jog negra y amarilla con una pantera dorada y el motor trucado es su vida. Ese sonido. Esa vibración cada vez que llega o pasa con la mierda la moto me dan ganas de vomitar, de mearme encima o de comerle la boca. Solo. Y venga a lavarla y venga a darle brillo y venga fotos pal Tuenti. Menuda bronca tuve con él unos meses antes cuando me hice la cuenta. Eso es de guarras. Refiriéndose, entiendo, no a cerdo o jabalí, tampoco a que fuese una sucia porque yo me duchaba día sí y día también aunque na más que cinco minutinos pa no gastar mucha agua, cosa que me enseñaron de bien pequeñina en casa por lo del desastre climático y la sequía. Guarra de guarra, de puta, de promiscua. Notificaciones verdes.

El Santi fumaba siempre que conducía y cogía las rotondas tumbando la moto. Su madre había tenido o tenía la pasta suficiente como pa tener un chalet de tres plantas en un barrio así como de clase media que se viene arriba, con su piscina y to. Su padre ni está ni se le espera y el hombre que vive en su casa dice cosas del tipo no me gusta cómo caza la perrina. Llegó a Badahó con dieciséis y no sé si me escribió por el Terra o por MSN o alguna de esas tardes en las que yo juego al *Counter-Strike* en el cíber de al lado del parque del tren. J4R4-K48 o con algún que otro *nick* porque en cuanto se dan cuenta que soy una tía me echan de las partidas. Con lo bien que se me da a mí colocar bombas. Venía de Don Benito y en su foto de perfil llevaba una sudadera muy ancha blanca, con una especie de letras medio tribales negras en el medio y yo me imaginé que era B-boy y que bailaba en los soportales con la cabeza en el suelo. Na de eso.

Al Santi le conocí la noche de la 4ever. Pitbull, yo y la Jessy, que era una del Cerro de Reyes que se juntaba con nosotras de vez en cuando y *tienes tremendo culo*. Y la Jessy y yo reventábamos el círculo *hazme el favor y menéate chica porque tienes tremendo culo*. Yo era consciente de que el Santi estaba detrás de mí y me había estado escribiendo por Terra o por MSN o por el *Counter*, y no podría asegurar si fue esa tarde-noche la primera vez que nos comimos la boca, pero sí que se acercó lo suficiente. Que le recuerdo en la nuca. Que recuerdo cómo daba palmas y movía los hombros mientras la Jessy y yo sudábamos el ron cola y que en un momento fui al baño y pasé demasiao cerca aposta y él estiró la mano y rozó un poco la mía aposta. *Cuéntale que te conocí bailando*. Ok, entendido.

Pero ahora no es ese día. Han pasado tres o quinientos años de toques en oculto a las once y media de la mañana. La hora del recreo. Estamos en el campo del pueblo de la Tati, al lado de una miniermita al lado de una barra de metal en la que sirven minis de cerveza y de calimocho. Date la vuelta. Sin aire y sin posibilidad de salir pitando. De escapar-Me. Ya fue el hospital y ya fue la noche en la que le puse un cuchillo al cuello. Ya fue la tarde en la que escaleras abajo y patadas en el baño. Ya fue también el día en el que le dije una y no más, santo Tomás, cuando yo misma me fui echándolo de mi casa. Lo eché por lache y por furia y por que ya está. Porque estaba vacía y noviembre o diciembre y acabo de sacarme esto de dentro y podría matarte porque ahora soy un dragón y podría arrancarte la yugular con mis dientes y masticarla suavemente mientras veo cómo tus pupilas de niño bien van quedándose quietinas. Podría levantarme, ir a la despensa donde mi madre guarda las herramientas que tenemos por si hay algo en casa que se escacharra, coger este destornillador y clavártelo en la garganta.

Tatiana ha encontrado a su prima que estaba con unos amigos un poco lejos de la coherencia. El Santi quiere hablar conmigo. Sabe que me voy. JoDer. Con lo bien que me lo estaba pasando. Con lo simpática que es la gente de este pueblo y lo bien que incluyen siempre a cualquiera que viene de fuera. La alegría compartida. La celebración conjunta. Verbena, romería o entierro. No se está dando cuenta de que ya no estoy, de que ya me he ido y que su frase *si te vas a Madrid vas a ser una fracasada* suena muy lejos y muy suave y muy al inconsciente. Pero me vengaré de ello un tiempo después, cuando deje de clavar el metal del mechero en mi antebrazo, cuando deje de tatuarme *smileys* en la piel y cuando mis dedos índice y corazón dejen de estar marcados por mis dientes y de gotear saliva ácida. Porque cuando sane la herida el síntoma desaparecerá. Xk Mi AmOR eS iNmEnsO. Xk cOnTigo ya No Kiero Na.

Hacemos algo que no deberíamos y me voy a bailar porque es la única forma, porque salgo y estoy fuera y hay gente como yo que salen y están fuera y pum pum pum pum pum y Blanco negro Blanco negro Blanco negro Blanco negro y pum pum pum pum pum y Blanco *Chambonea* y negro y Blanco y negro y pum pum pum pum *Va en su viaje*, Blanco negro Blanco negro.

Estrobos. *No amarra fuego. Se soltó el pelo, se rompió el traje* y cierro los ojos y estoy en el centro pum pum pum pum pum y sobre todas nosotras

aReNa.

Aparece aquí, con tus manos lavadas, y reparte el aliento que nos falta. Recoge las luces blancas y negras de los estrobos e intégralos en partes de un mismo yo. Bendice esta tierra y estos frutos, símbolos de la alianza eterna y acaricia esta piel que arde. Abre la mirada a la primera explosión y compadécete de los que no escuchan. Porque el camino será tuyo y tuya la gloria.

Semiótica

Varias cosas:

1. La manzanilla favorece la digestión.
2. La cafetera italiana no debe fregarse con jabón.
3. Antes existían cuatro estaciones.
4. Las Furias para Roma o las Erinias para Grecia son la personificación divina de la venganza . Diosas justas e implacables. Megera, Alecto y Tisífone castigan a los humanos que se pasan de la raya y protegen a los marginados sociales. En sus manos llevaban cayados de madera ardiendo y látigos.
5. Beyoncé *is the only one*.

Hay leyes que se debaten en la carrera de San Jerónimo s/n, de Madrid. Sin número y sin vergüenza.

Hay días, como hoy que, al levantarme, decido poner en directo a un grupo de gente que no se escuchan y que aprendieron mucha oratoria para no decir nada salvo en contadas excepciones. Parece que ha sucedido algo grave. La toga y la ley. El poder judicial. No me importaría lo más mínimo si no tuviese toda esta ira dentro. A tres grados y sigue durmiendo gente en la calle, si es que lo podemos llamar así. A pocos kilómetros y no hay luz. No hay hostias ni fuego, pero la palabra y la burocracia generan más violencia que cualquier contenedor iluminado. Lucen en el pleno unos trajes insípidos y unas voces agotadas. Supongo que en algún momento hubo alguien que creyó aunque reniegue de la fe. Supongo que en algún momento hubo alguien que lloró de puritita injusticia o intentó coger aire muy fuerte antes de subir al micrófono y quemarse a lo bonzo al ver que mañana por la mañana la angustia en el pecho sigue. *Dale, Don, dale*. O quizá no, y apuran en los baños de la carrera de San Jerónimo s/n, un pico y otro y otro y otro y otro y otro y otro.

Hablemos de esto:

de

los

políticos

cocainómanos

o de que la cantidad de gente utilizando el polvo blanco es directamente proporcional a las violaciones de derechos humanos, a las desapariciones en Sinaloa, al secuestro y violación de mujeres en Colombia o a la explotación infantil. Luego presumen de que no compran en Inditex porque explota a mujeres y niños en Bangladesh, pero se olvidan de recordar lo que supone que contribuyan con su dinerito al negocio de la nieve. La nieve. Una reverencia. Arrodillarse ante el polvo para no asumir sus miserables vidas. Por no aceptar la mentira construída. Su propio desgarro. Sus ganas de morir. La angustia disfrazada. Una reverencia que les conducirá al límite de la existencia. La soledad extrema. Compasión. Ellos, con su palabra y su micrófono, todavía se dan el permiso de la condescendencia. Todavía incluso creen que están mejorando el mundo. No me comas la oreja. Chapas. El privilegio de los ricos, la tragedia de los pobres. Acércate a un barrio de esos que no has visto más que en los libros o en esas pelis en las que hacen turismo social en colores camel y leopardos. Mira lo que les pasa a esas familias con la dignidad que la mirada honesta exige. Contempla, sin juicio, el amor que allí se desprende cuando algún cuerpo ha caído.

Hoy les escucho porque estoy agotada. Es como un vicio. Una especie de adicción sin sentido que hace que me escape y mire fuera. Un autocastigo impuesto. Un motivo para la rabia. Aunque sé que estoy a punto de apagar sus voces, de apagar el video y desconectarme, porque escucharles ya ni siquiera me genera deseo de conocimiento. El cortisol, subiendo. Les escucho para no pensar en que la ingesta hoy será dolorosa. Les escucho para no pensar que comer hoy será un acto de rebeldía y en que por qué leches le echarán huevo al *allioli. Cap sentit.* Un puto dolor crónico. Femenino y atávico. Basta.

Mientras el vídeo en directo desde Youtube se reproduce en mi casa de Madrid, recuerdo cómo me lanzó al vacío desde una montaña. Unos seiscientos metros de altitud al este de la península. El cuerpo a cachos. La ruptura con Pau había sido demasiado larga. Pasada de ensayos. Doce horas de tortura y un plato de lentejas. Una ducha azul y un plato de lentejas. Recuerdo la montaña, *la taula de fusta*, la lavanda preservada en la mesilla, la vajilla Duralex, Barcelona, la lengua, *el projector on vèiem les millors pel·licules europees*, la chimenea que nunca encendimos, las palabras lanzadas, la herida, los ensayos con la compañía de danza para estrenar en el Lliure, la violencia verbal, las palabras. *La dutxa blava i un plat de llenties*. La rabia, la ira, la violencia. Aguanta. Respira. Me empujó al vacío desde una montaña, pero no olvidé que allí abajo estaba el mar.

No tienes herramientas, no tienes capacidad para amar. No sabes. No puedes. No tienes responsabilidad emocional, me dice mientras me graba con su iPhone 15 porque su psicólogo le ha dicho que me grabe para que yo vea desde fuera mi comportamiento. Pau había leído muchos libros y tenía los dientes blancos y perfectamente alineados. Estudió sociología y sabía varios idiomas. Su padre era italiano y su madre de Lleida. Tenían un restaurante siciliano cerca del Liceu. El típico sitio con seis mesitas, buen producto y buen vino. Pau trabajaba en el departamento de recursos humanos de una banca ética, tocaba el saxo y entendía de cooperación internacional. Le conocí en un curso que organizaba el CCCB sobre la búsqueda de la verdad y la mentira en el ejercicio de la política contemporánea y me llamó la atención la forma en la que movía las manos. Pau vivía en una masía cerca del Montseny con gente que tocaba el ukelele. Expresaba siempre sus emociones y pedía lo que necesitaba cuando su cuerpo le mandaba señales. Hablaba bajito con una voz muy dulce y con unas consonantes muy bien pronunciadas. Pau, después de parar la grabación con su iPhone 15, me dice que se marcha de casa porque yo no tengo herramientas suficientes para afrontar una relación. Que soy demasiado violenta y que él es la paz. Que lo lleva por nombre. Me dice, con una voz muy suave mientras me acaricia la pierna, que se marcha porque yo no tengo herramientas. No tengo herramientas, no tengo herramientas. No tengo herramientas.

Cariño, podría estallarte la cabeza con el martillo que acabo de comprar en la ferretería que hay debajo de nuestra casa.

La rabia, la ira, la violencia. Aguanta. Respira. Escucho sin entender la absoluta incapacidad o imbecilidad humana. Imbécil es sin duda mi insulto favorito. Lo tiene todo, dirección y sonido. M de mayúscula. IMBÉCIL. Dilo alto. Se te llena la boca. La M y la B juntas. ImmmmmBéciiil. Un golpe. Un disparo. Genérico. Mayestático. La ducha azul y un plato de lentejas que Pau me obliga a comer. No quiero comer ahora. Me parece absurdo comerme un plato de lentejas en medio de esta ruptura. Pau insiste. Piensa que debería comer. Insiste. Ha hecho las lentejas esta mañana y seguro que están buenísimas, pero ahora mismo mi estómago está completamente bloqueado. El diafragma apretando. Además, son las once de la noche. ¿Quién coño se come un plato de lentejas a las once de la noche? Nadie. Mucho menos una exbulímica. No es por la comida. Nunca vomité por la comida. Nunca fue por eso. Esa no es la herida, solo el síntoma. La herida está detrás, *justo detrás del pensamiento*. Pau calienta las lentejas y me las trae. Insiste en que no se irá tranquilo hasta que no me coma el plato de lentejas. Debe estar preocupadísimo por si tengo la ferritina baja.

La presión en la cabeza sube. Necesito volver al cuerpo. Necesito coger aire porque el pecho no se abre. Necesito sentir el cuerpo. Volver aquí. Porque estoy a punto de explotar. De explotarme. Necesito el agua de la ducha caliente. Muy caliente. Hacía mucho tiempo que no volvía a estar en este punto de inicio. Hacía mucho tiempo que no caía al fondo de mí misma. El agua de la ducha caliente. Ardiendo. Sentir la piel. Roja. El cuerpo desnudo. Volver. Me trago las lentejas y expulso las lentejas.

Y esto es lo que lleva pasando desde la primera explosión. Yo misma como materia en su máxima condensación a punto de estallar.

Trago y expulso, trago y expulso, trago y expulso. El síntoma y la defensa. El tigre que aparece. La reacción y el síntoma. Pero si solo se trata el síntoma y no se busca la herida o decides no mirar abajo, allí donde empieza el vértigo, repetirás el patrón con un poquito de meditación o de diazepam. Dará lo mismo. Hasta que aprendas. Hasta que consigas ver y la necesidad de expulsarlo todo ya no exista. Esa es la verdad. Ese es el camino. Eso ya está pasando.

Pero esto no va de mí. Esta no es mi historia. Esta rabia no es mía. Es de todas. Este cansancio no es mío. Es de todas. Mientras tanto, ellos hablan y debaten las reglas que nos imponen desde la de la carrera de San Jerónimo s/n, más empresas asociadas, y tragamos y tragamos porque no sabemos hacer otra cosa. Porque hace tiempo que asumimos la no acción, y lo entiendo. No puedes exigir ni asfixiar más a quien ya no le queda aire. Sea por ingesta de nicotina, de amor o de sistema. Así que a veces cierras los ojos y decides que a ti plin, porque no puedes volver a dejar salir a las Furias ahora mismo. No vas a dejar que vean de lo que eres capaz para apagar el cerebro o para no arrancarle los ojos al primero que por la calle se atreva a mirar un poco más de la cuenta. Porque entonces dirán que estás loca.

Así que nos esforzamos durante toda nuestra vida en ser como uno de ellos. En adaptarnos a la selva de la razón y por eso inclinamos la cabeza un poquito hacia un lado, sonreímos y utilizamos mucho la ese sonora y silbante junto con su sociopatía de palabras violentas que salen como un susurro sencillo y suave. Usar las mismas palabras que ellos aceptaron sin desobediencia como aceptaron las normas de la carrera de San Jerónimo s/n, sin rechistar, aunque hayan aumentado el presupuesto militar, verbalicen que la mayor parte de la población no tiene problemas para pagar el alquiler y permitan que las macrogranjas sigan existiendo. Pau fue el último intento de entrar en el sistema. Mi último esfuerzo.

So so so so so so good. Good. Good. GOOD.
GOD. BASTA.

Entonces termino el café, me enchufo los cascos por *bluetooth*, que no me sirven para cuando alguien me llama porque no me escuchan o me escuchan muy lejos. Me pongo los cascos para poder seguir escuchando a esta gente de la carrera de San Jerónimo s/n, aunque ya no me interesen ni lo más mínimo, y salgo a esta ciudad que, aunque es insoportable, es propia. Porque, si algo bueno tiene Madrid, es que nos pertenece.

Un día libre ocupado en los cuidados. La palabra cuidados es falsa. La palabra que esconde su opuesto. La verdad que esconde su contraria. Digamos entonces que estoy buscando la forma en la que pueda liberar a mi estómago de mí. Del próximo ataque. Bulimia nerviosa de no acción, de capacidad neuronal colapsada. Hace mucho tiempo que no vomito pero fue tanto el castigo, que todavía pago las consecuencias. Fue tanta la agresión a mí misma, que todavía hoy busco la forma de regenerar todo el ácido perdido.

Quiero ver cómo esta ciudad se inunda de un gris un poco más extraño. Quiero ser capaz de ver cómo la contaminación de esta mi no-ciudad entra por las fosas nasales de las personas con las que me cruzo y se adhiere a los órganos y a las células que van muriéndose o pudriéndose en una angustia lenta mientras por mis cascos un señor de traje gris dice que hay que derogar la Ley del Clima. Y yo pienso, total, pal puto caso que le hacen. A la ley, digo. ¿Cuánto tiempo puede aguantar un cuerpo o mejor dicho una mente? ¿Dónde está la mente? ¿La consciencia? ¿Durante cuántas horas puede estar un cuerpo humano sediento? ¿Cuántos libros te has leído para no parecer imbécil? ¿Cuántas palabras caducas usas? ¿Es verdad lo que tu mente te afirma cada siete minutos? ¿Estamos asistiendo al fin de una forma de vida? ¿Es la digitalización la mejor forma de control? ¿Cuántos «te odio» te has callado? ¿Es Portugal el mejor lugar donde exiliarse? ¿Sería necesaria *Lisístrata*? ¿Podremos salir y aniquilarlos a todos? ¿Alguien entenderá la física cuántica? ¿Podrás comer tranquila algún puto día de tu vida? ¿Cuántas personas en riesgo de pobreza extrema hay en España? ¿Por qué no dan lengua de signos en el colegio? ¿En qué parte del cuerpo se siente la ternura? ¿Por qué el colegio? ¿Puedo despertarme mañana por la mañana, abrir Youtube y aprender a fabricar un explosivo? ¿Qué caracteriza a la población cuando tiene miedo? La obediencia. Y lo más importante: *Per què només a Catalunya fan truites de carxofes?*

Que el fuego calcine a los leones que hay en la puerta y comience la fiesta.

Un poco antes de todo

Ese día la clase de danza terminaba antes porque nos íbamos a San Juan a manifestarnos porque parece ser que tres muchachotes habían decidido invadir Irak. Uno de los muchachotes había ido al rancho del otro muchachote que hablaba inglés a fumarse un puro. Había muchachotes con bigote *made in Spain* y muchachotes sin bigote. Es 2003 y el tal Bush este dice no sé qué de la guerra contra el terror y contra lo que él llama el eje del mal. Según el yanqui, el muchachote de Irak tiene armas de destrucción masiva. Tampoco se llevaban muy bien desde lo de Kuwait y la guerra del Golfo. La mayor manifestación de No a la Guerra de la historia a la que fuimos con nuestras mallas negras y nuestros calcetines blancos después de terminar la coreografía de *Dirrty* de Christina Aguilera. Sin entender mucho, pero sabiendo lo básico: la guerra está mal, las armas no son cosa buena. Básico.

Pa mala suerte de que unas compañeras de clase habían venido a buscarme a la salida de danza para hablar y arreglar las cosas. Ja. Estas cinco llevan un tiempito poniéndome a caldo. Que si te quemo fotos en el pupitre. Que si se la has chupao a nosequién. Que si nadie te habla en el recreo. Que si gorda y que si la abuela fuma.

Solo vi fumar a mi abuela una vez en una boda. Luego se puso una peluca verde fosforito y bailó *Paquito el chocolatero*.

Me llaman a mi Alcatel amarillo. Ay, no te oigo, es que estoy en una manifestación. Estamos en la puerta de tu clase de danza. ¿En el colegio? Sí, es que queremos hablar contigo y arreglarlo. ¿Quiénes? Nah, nosotras. Es que hemos venío a buscarte. Ya, pero es que me he venío a la manifestación. Ya, pero es que tienes que venir porque queremos hablar y arreglarlo. jOdEr. Vale, voy.

Aquí está to quisqui. Mínimo son veinticinco y varias motos. No hay perros. No, perros no. Y que si tú has dicho y que si te has cagado en mis muertos. ¿Eh? Tú estás bollá de la cabeza. Que tú se la has chupao al David. ¿Eh? David presente lo desmiente. ¿Eh? Tas quedao entallá. Es igual, pa ti la perra gorda.

Ellas quieren pegarse porque, en resumidas cuentas, supuestamente se la he chupao al David y me he cagado en los muertos de varias. Ah, y también porque yo dije que la Carmen era una guarra. Esto sí que lo dije porque un día nos dejó tirás pa irse con su novio y me pareció una guarra. No porque se fuese a enrollar con el novio ni na de eso, sino porque nos dejó tirás por un tío y a las amigas no se les hace eso. Al parecer también lo que pasaba es que a la Angy le gustaba el David, pero él no estaba por ella y, como a mí el David me había regalao un CD pirata con un *Varios 2003*, pues la Angy se debió de poner celosa y ya empezó a inventarse to. Pa mí siempre ha sido ley no enfadarme con ninguna niña por un niño porque me parece que es caer bajísimo. Me he negado siempre a entrar en peleas con otras muchachinas por un tío, pero no todo el mundo es igual. Así que la Angy le dijo a la Carmen que yo había dicho que ella era una guarra y a partir de ahí empezó to la movida esta en el colegio y que me hiciesen un poco la vida imposible.

Antes de eso ellas eran de mi grupo. Lo que pasa es que la líder era un poco la Angy y siempre se tenía que enfadar con alguna y esa alguna hacer mucho esfuerzo en que la perdonaran y así volver a ser del grupo guay del paraguay. Y las demás, si la Angy se enfadaba, pues también dejaban de hablar con la que se había enfadado la Angy pa demostrar que APS pero solo de la Angy. La verdad es que a mí to ese rollo me daba un poco de repelús y no le comía el culo ni le hacía la pelota a la Angy y muchísimo menos le daba el dónut de chocolate que me compraba en el recreo. Así que empezaron a pasarse tres pueblos y medio. Y la Kira, otra del grupo, no me hablaba en el colegio, pero luego la muy perra bien que venía a la salida a escondías a fumarse un cigarrino conmigo en el MEIAC, que es el museo de arte contemporáneo que antiguamente fue una cárcel en la que, entre otros, también encerraban a homosexuales pasivos con la ley de vagos y maleantes y de peligrosidad social de la Paca.

Intenté con toas mis fuerzas no parecer una cagona. Intenté también no llegar a las manos. Inútil. Hubo fiesta y pelos en la manga de la chaqueta LEM que le había cogío prestá a mi hermana la mayor.

Y no pienso llorar, aunque se me esté escapando esta rabia mientras una muchacha que no conozco de na me da empujones en el hombro derecho. Uno dos tres cuatro. Inspira. Aparece la Kira que tiene el ojo un poco a la virulé, le falta algún jugador del futbolín y tiene mi libro de matemáticas en su casa. Que menuda bronca me echó mi padre por no querer ir a recogerlo. Pero ¿cómo voy a ir en domingo a su casa después de haberle metido la cabeza en las taquillas de la plaza de toros cuando me dijo que se quería pegar conmigo? A mi padre de esto ni mú. Cinco, seis, siete y expira.

Y no pienso llorar, aunque se me esté escapando esta rabia. Me arde la cabeza. Fuego. Y muchas voces y muchos gritos. Que tú has dicho y que tú has hecho y que estás gorda. Gorda de *abundantes carnes que excede el grosor corriente*. Entonces una muchacha que excede el grosor corriente me dice que es que yo me he cagao en sus muertos y yo le digo que para eso tendría que haber ido al cementerio y saber el nombre de sus muertos y que eso no había pasao. Pero que ganas de ponerles los belfos como un gorrino jarto moras sí que tenía. Esto no lo digo.

Allí, al lao de la plaza de toros, entre gritos y voces, perderé uno de los pendientes de mi abuela y ahí ya sí que me cagaré en to los muertos de la Kira, de la que vino con el cuchillo, de la saboría de la Angy, que es más saboría que un bocadillo de piquitos que no hace na más que malmeté pero la cara no la pone nunca. Me cagaré en los muertos de la Sonia, que tenía cara caballo y de la Carmen, que es tonta del culo. Me cagaré también en los que miran pero no hacen nada. En los dueños de los perros que dejan la mierda en la calle. En una rubia de San Fernando que en los baños de una discoteca me dijo que era una puta porque me juntaba con otra puta. En las que iban vestidas de policía en Carnavales. En las porras con las que quisieron pegarme. Pero sobre todo me cagaré en to los muertos de los profesores que no han movido un deo pa solucionar lo que estaba pasando. Que decidieron que era mejor lo que era peor y si te he visto no me acuerdo y habla chucho que no te escucho.

Y después creo que me iré a comer un perrito con mucha mayonesa.

Pero no pienso llorar, aunque se me esté escapando esta rabia. Y vuelvo con la chaqueta LEM de mi hermana llena de pelos de la Kira después de haberle metido la cabeza en las rejillas de la taquilla de la plaza de toros, con mucho calor en la cabeza pero arrecía. Vuelvo con una bola de fuego en el estómago. Me arde la cara. Y la Carmen, que es mu blanca y mu grande y casi se escoña al tropezarse con un bicho de esos donde se aparcan las bicis, viene detrás porque la culpa la culpa la culpa. Pero mira, de verdad, déjame ya. Pero no hay tu tía. Ahí sigue la pesada. Quizá se siente mal. Quizá. Pero ya es tarde, y como me dé la vuelta le voy a dar pal pelo o me voy a desmayar. Uno, dos, tres, cuatro. Inspira. Cinco, seis, siete y expira. Hay voces a lo lejos, no entiendo ni papa. Escucho el ruido de motores trucados por ciento veinte euros. Me arde la cara. Ruido.

Pero no pienso llorar si lo que quiero es quemarlo todo. Un, dos, tres, cuatro. Inspira. No pienso llorar si lo que quiero es quemarlo todo. Cinco, seis, siete. Expira.

Entonces sigo andando y paso por enfrente del colegio en el que uniforme de cuadros blancos y negros y goma Milán y *niña María tu amante patrocinio toda mi vida quiero imploraaar y a tus brazos al cielo llegar y a tus brazos al cielo llegaaaaaaar.* Paso al lado del kiosko donde suelo comprar, al salir de danza o de clase, el Aquarius o una caña de chocolate o unos pelotazos. Paso por el bar donde el profe de gimnasia siempre está con su whisky. Paso por delante del cíber donde juego al *Counter.* Atrocho por los cañones hacía el antiguo hospital donde murió mi abuelo y llego a San Atón.

En medio de la plaza me paro. Un, dos, tres. Inspira. Cuatro, cinco, seis. Expira. No me había dado cuenta de la cantidad de gente que hay aquí. Hoy todo Badahó está en la calle. Pancartas negras con letras blancas. Parece ser que están en contra de algo y que tienen miedo a algo que han decidido por ellos. 2003. Pancartas negras con letras blancas. No a la Guerra. No a la violencia. Un, dos, tres, cuatro. Inspira. Gritos y voces. Las Azores y el rancho. El calor en la cabeza y los pelos en la chaqueta. Justo en el botón de la manga derecha. Las pancartas negras con letras blancas. NO A LA GUERRA. Cinco, seis, siete, y marzo de 2004.

Pero es que no pienso llorar, aunque se me esté escapando toda esta rabia.

Si lo que quiero es quemarlos

a todos.

Entonces bailo, y lo que yo soy ahora, mientras dentro algo cruje, es un primer movimiento para salir, salir fuera, apartando de mí todo lo que es mío pero vuestro. Lo que aparentemente sucede no es lo que está pasando. De ahí la búsqueda obsesiva a lo más ingenuo y atávico. A este momento en el que mi cuerpo ya no es un cuerpo y solo es sangre y vibración. Solo sangre, vibración y electricidad y pum pum. Y entonces no estoy ahí y es lo más parecido a vomitar. A no estar del todo viva ni del todo muerta. Es el punto en el que yo me encuentro con MÍ y MÍ ya no soy yo. Ni este cuerpo que me arde y que me estorba. Este cuerpo que es mío y es de mi madre y de mi padre y de todas las que antes que yo, con los ojos blancos, abrieron sus entrañas para sacarse de sí mismas. Porque no pueden más. No puedo más. Pero sigo. Bailo. Aunque me ardan las manos. Aunque me arda el pecho. Porque regresar al punto de partida es imposible. Como masticar cristales o sacar fuego por la punta de tus dedos y quemarlo todo. Imposible acción. Por eso ahora bailo mientras ellos gritan No a la Guerra. Y yo les veo arder. Ese momento-instante en el que sus manos y mi rabia y pum pum y una especie de universo posible y luz y oscuro y pum pum y luz y oscuro y gritan No a la Guerra. Gritan y levantan las manos y pum pum y yo en el centro y yo fuera. Sobre todo fuera y lejos. Muy lejos. Tan lejos que estoy aquí y todo es silencio. Pum pum. Silencio. Eso es lo que busco. Silencio es lo que busco en cinco, seis, siete y

Segundo 0:01 de *Daffodil* de Florence and the Machine.

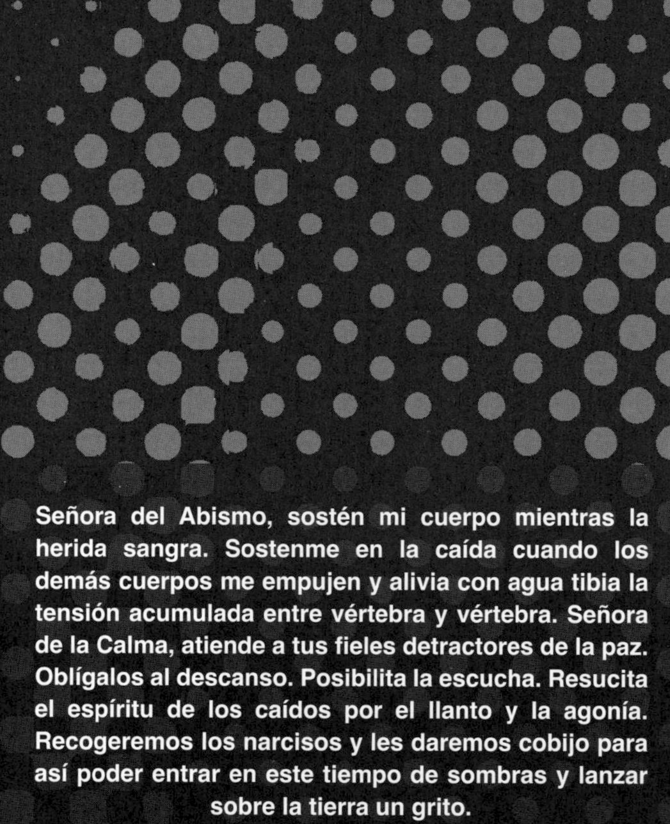

Señora del Abismo, sostén mi cuerpo mientras la herida sangra. Sostenme en la caída cuando los demás cuerpos me empujen y alivia con agua tibia la tensión acumulada entre vértebra y vértebra. Señora de la Calma, atiende a tus fieles detractores de la paz. Oblígalos al descanso. Posibilita la escucha. Resucita el espíritu de los caídos por el llanto y la agonía. Recogeremos los narcisos y les daremos cobijo para así poder entrar en este tiempo de sombras y lanzar sobre la tierra un grito.

Semiótica

Varias cosas:

1. Las llamas del fuego tienen moléculas que se mueven tan rápido que elevan la temperatura y nos permiten ver luces de diferentes colores, que varían dependiendo del combustible y de la temperatura.

2. Las verduras al vapor conservan mejor las propiedades que las cocidas.

3. No sabemos cómo potabilizar el agua en situación de crisis. Esto en algún momento será problemático o será selección natural.

4. España es el líder mundial en consumo de benzodiacepinas.

5. Las letras del mantra Om Ah Hum representan los tres géneros, los tres gunas, los tres aspectos del tiempo: pasado, presente y futuro; y los tres gurús: madre, padre y preceptor. En su totalidad, representan la liberación de los confines del cuerpo, mente, intelecto y ego. Símbolo de la divinidad. Brahma, Vishnu y Shiva al mismo tiempo.

Antes del estreno de *Antígona*, que es la obra que estaba ensayando antes y después de que me lanzase desde de la montaña, la directora nos trajo a un coreógrafo de Londres para montar uno de los momentos centrales del espectáculo. La famosa discusión entre Antígona y Creonte. El coreógrafo había estado estudiando el movimiento oriental y durante dos horas y media estuvo explicándonos cómo mantener el cuerpo en línea.

Parece ser que el cuerpo se organiza para mantenerte viva y funcional. El ritmo circadiano regula los cambios o movimientos físicos y mentales a lo largo del día. La luz del sol como principal fuente de vida y de movimiento. La luz, que absorbes sin darte cuenta de forma natural, se mueve y vibra. Misticismo científico. La vesícula no trabaja a la misma hora que el riñón. Entre la una y las tres de la madrugada trabaja a destajo el hígado. Mala hora para el alcohol. Pienso, joder, demasiado azúcar. Tu corazón entre las once de la mañana y la una del mediodía bombea ciertas angustias y ciertas euforias. El puto estómago de siete a nueve de la mañana, y la vesícula biliar, la que te desintoxica y nutre y repara, se activa de once de la noche a una de la madrugada.

Esto nos lo cuenta, supongo, para que quizá nos obsesionemos un poquito más con la perfección. Como si las bailarinas o cualquier otra mujer no estuviéramos ya lo suficientemente familiarizadas con la sensación de caminar en el alambre. Lo suficientemente fuerte, lo suficientemente flexible, lo suficientemente delgada. Una dictadura propia. Los dedos de los pies negros. Un turno nocturno te destroza por dentro. Cuarenta horas semanales te enferman, y cómo pretendes tú, o pretende tu cuerpo sin ti, hacer algo para conseguir parecer un ser humano y no una máquina de acumular dolores.

Hay que estirar las fascias, dice.

La capacidad de ti misma, que no eres más que un cuerpo intentando salir de un cuerpo, se frena ante la posibilidad de cualquier cosa que no sea adaptarse a la selva laboral y social. Obsolescencia programada. Estoy cansada.

El coreógrafo es moreno con la nariz grande. Ahora vive en Londres, pero es bosnio. Nos cuenta que se lo llevaron con seis años a Londres, en 1995, después de la masacre de Srebrenica en la que asesinaron a su madre y a su padre. Tarik, que así se llama, enciende una barra de salvia y le da al *play* a alguna lista que habrá hecho él mismo en Spotify. Suena *Caruso* de Lucio Dalla y baila. Esto es lo que yo llamo la unidad. Esto es a lo que yo llamo Dios. La conexión única. Estar en el cuerpo pero no ser del todo un cuerpo. Haber salido. Estar completamente dentro. En búsqueda de ti. Encontrarte en el movimiento contigo y con el afuera. Dios. Eso es a lo que yo llamo Dios. La unidad. Lo crístico. La trascendencia. El placer de poder dormir pronto. Dios. La siesta. Dios también. Frecuencias de sonido como la de 963 hercios. Dios. La meditación. Dios. Moldear las neuronas y la sinapsis con la respiración. Dios. La tortilla de patata. Dios. El sol a las diez de la mañana en junio. Dios. Caminar con música por la calle. Dios. Café y canela. Dios. Un río cerca. Muy cerca. Dios. El despegue de un avión. Dios. El arroz con setas de mi madre. Dios. Portugal. Dios. La luna llena saliendo por el mar. Dios. Una sesión de cine a las seis de la tarde. Dios. Los domingos. Dios. El olor a incienso. Dios. Maria Callas. Dios. Ir a un concierto. Dios. La buganvilla. Dios. Conducir escuchando flamenco. Dios. Una ducha caliente después de la playa. Dios. Besar. Dios. Recordar el olor de aquella chaqueta azul de la amiga que se fue. Dios. Revelar una cámara analógica. Dios. Llorar. Dios. Las acciones de las activistas climáticas. Dios. La sangre de la regla. Dios. No pensar. Dios. Pensar. Dios. Las comparsas de Cádiz en el Falla. Dios. El video de David Bisbal bailando en bucle la canción de *Farmacia de guardia*. Super-Dios. La regularización de las personas migrantes. DIOS. El mes de julio. Dios. Una ermita en medio de la montaña. Dios. Cantar. Dios. El ronroneo de un gato negro. Dios. Las cosquillitas. Dios. Cruzar miradas con otras personas en una manifestación. Dios. Estirar el cuerpo. Dios. Una verbena de agosto. Dios. El helado de pistacho. Dios. La redistribución equitativa de la riqueza. DIOS. El olor a tierra mojá. Dios. La física cuántica. Dios. Bailar bailar bailar sola rodeada de gente. Dios. El concepto de Dios. Dios. Los gatos. Dios. Un plato de lentejas (a mediodía, a las once de la noche no, imbécil). Dios. Decir «no sé qué es eso» cuando no sé qué es eso. Dios. Entender que todo va de política menos la política. Dios. Abrir la glándula timo. Dios. Un día de descanso. Dios. Un libro. Dios. Tú. Dios. El pan con tomate. Dios. La playa después de ponerse el sol. Dios. Levantarme un día sin dolor. Dios. La desobediencia civil. Dios. El gazpacho. Dios. La venganza. Dios. La madera. Dios. Tarik bailando. Dios. Dios. Dios. Tarik sudando. Dios. Tarik abriendo el pecho. Dios. Tarik entendiendo la muerte. Dios. Sus ojos. Dios. Su dolor. Dios. Su ira. Dios. Su rabia. Dios. Sus manos. Dios. Su forma de saberse libre. Dios. Su amor. Dios. Tarik me mira. Dios. Tarik me mira dentro. Dios. Tarik me ve y yo lo veo. Dios. Ya está pasando. Dios.

Carnavales o polvo eres y en polvo te convertirás

Febrero sin Tejero ni agujeros en el techo, pero febrero. Tampoco es Cádiz, pero también escuchamos a Juan Carlos Aragón. *Creo en ti*. Acho, que ganas de irnos un año al Falla a la final de comparsas o a ver si algún año conseguimos entradas pa la final de aquí, en el López. Pero las colas para conseguir entradas están desde un día antes. Las murgas. Una presentación, dos pasodobles, dos cuplés y el popurrí. Admiro profundamente la capacidad artística de los letristas para ser punzantes. Las voces y las guitarras. En febrero el teatro se llena y ver un teatro lleno siempre es una victoria. El pasodoble. El arte. El pueblo canta la protesta. El público en pie. El Carnaval como voz de la tierra. *Que padeció el poder bajo tantos tiranos*. La política.

Normalmente encargamos el traje a una modista que vive cerca de la estación de autobuses, que también está cerca de la escuela de flamenco donde baila mi prima Cata. Básicamente el traje consiste en un culot y una chaqueta de charol y unas botas de pelito hasta las rodillas que se agarran con dos gomas a las zapatillas y vuelven a casa encharcás de mierda. Febrero, claro, con tol frío. Claramente terminamos pingando y arrecías, pero Pa sHuLa Yo.

El primer disfraz que tuvimos fue de pirata: falda que quiere parecer cuero pero no lo es. Negra y corta; palabra de honor de la misma tela que la falda; torera de pelito blanco junto con botas de pelito blanco y pañuelo dorado a la cabeza con símbolo pirata en la frente, por si acaso no lo pillaban. Sí, sin duda fue el mejor año. Después butaneras-repsoleras porque *a ella le gusta la gasolina*, y Batman porque sí. Porque, que yo sepa, ninguna de nosotras sabíamos de Gotham ni de multimillonarios. Con el traje de Batman fueron diciendo algunas muchachas de San Roque junto con la Angy y demás que yo iba con las tetas al aire. Cosa que es mentira porque llevaba un cuello vuelto amarillo de licra wena. Fotos tengo. Pero ellas decían que no, que yo na más que llevaba la chaqueta atada con cuerdas por delante y debajo en pelota picá. Pos Mu BieN XoXo. El traje era exactamente igual cada año con ligeras modificaciones de color. El tema era exactamente igual cada año. Los soportales, San Atón y San Juan, para terminar en San Roque en el entierro de la sardina. Cuánto santo en las calles, aunque no sé si perfectos y libres de toda culpa. Ya salió la culpa, cago en Dios. Uy, perdón. Tres avemarías. ¡Qué estés bien, María! Dios te salve.

No salimos de casa antes de las diez, quizá once de la noche y, de mientras, Los Banis o ReMiX rUmBa fLaMeNkA. Como yo soy la que vive en el casco antiguo, todas vienen a casa a prepararse. Esto solo sucede en Carnavales, el resto del año Valdepasillas manda. Pero estos días mi barrio se llena de Achas, de Lucky y purpurina roja. Bajo a la cabina y hago el truco del mensaje gratis que consiste en meter la moneda y marcar #nosequé y colgar y descolgar muy rápido pa que caiga la moneda pero la llamada o mensaje se pueda hacer y aviso a mis amigas de que vengan ya, coño, que me va a entrar la modorrera y luego no hay quien me saque.

Mi prima, la última otra vez, como buena líder. Es increíble lo que ella genera en el resto, una especie de calma y sostén. Ella está siempre, para todo y para todas. No hay decisión tomada sin su mirada. No por opresión, sino porque ella tiene esa especie de sabiduría protectora, aunque solo tenga catorce años. La madre, sin ser ella nada de eso. Cata me defendió del grupo que en el parque del tren me quiso pegar, de las muchachas de San Fernando que me querían pegar, de aquella muchacha que llevaba una moto y era altísima que me quería pegar, y una vez salió corriendo detrás de una de mi colegio y le endiñó un cate porque me había dicho algo tipo guarra o puta o hija de puta. Cata me recogió en su casa cuando Carrie, que es mi yo más violento, hizo que rompiese una puerta. Me sostuvo aquella noche cuando el dolor me inmovilizó en la cama porque estaba saliendo la sangre que se suponía que me iba a liberar. Y no la he visto ser juez nunca, ni siquiera cuando me daban los arrepíos o me ponía quisquillosa. En casa de mi prima siempre hay galletas de canela, perrunillas, nevaditos y muchas botellas de agua. Ay, me jarto a nevaditos. Dulce e hidratada. Llego allí a la hora del café, a echarme un con leche con mi tía, y siempre caen dos o tres nevaditos con to su azuquítar glas. Con mi prima Cata he vivido lo primero de todo. Cada experiencia. Aunque nunca me atreví a contarle lo que estaba pasando con el Santi. Es que somos muy pasionales, como si la pasión fuese intrínsecamente negativa y te llevase directita al infierno. Una mierda como la placa de un pintó, a Cristo lo llevó a la derechita del padre, dicen. Cata, que es así bien tímida aunque no lo parezca, una vez se meó en mi portal porque me dejé sin querer las llaves puestas dentro de casa. La cosa es que tuvimos que salir porque vino el Santi y yo no quería meterlo en mi casa. Pero, con la tontería de salir a buscarle y los nervios y las ganas de comerle la boca, salimos y cerré la puerta sin coger las llaves. Era febrero y era muy de noche y no había nadie. Tuvimos que esperar muchas horas a que amaneciese para saltar desde la terraza de mis vecinos y poder entrar a casa sin que se enterase mi madre, no vaya a ser que nos castigaran sin poder salir en Carnavales.

Total, que mi prima llega la última y ya estamos todas. Este año vamos vestidas supuestamente de boxeadoras, con el pelo bien planchao y las uñas de pega del todo a cien. Ni uñas ni pelo planchao a la vuelta. Está claro. Sole me quema la nuca con la plancha y yo pienso en que en realidad debería haber esperao a mi prima que es a ella a la que se le da bien esto del pelo.

Ron cola o Malibú piña dependiendo de la tolerancia o de lo que te gustasen los zumos a las dos de la mañana. Bajamos a los soportales de San Atón, que es donde ya va la gente un poco más mayor. Hay un grupo que van vestidos de pescadores y llevan una piscina con patos. Por ahí van, pescando. Las niñas de San Roque este año van vestidas de Mario Bros. Las de San Fernando de policía. Hay un grupo de hombres que no saben de la misa la mitad que van de la regla: compresa blanca y zumo de tomate. Muy bien, chico, claro que sí. Otro de los Picapiedra. Y por ahí anda una pareja que simplemente se han puesto una peluca rizada de color rojo. Los muchachos del grupo de Santi la verdad es que no sé de qué van, en general en la vida, y el resto son una especie de bruma borrosa de colores y puñetazos.

Yo nunca he visto a nadie darse pal pelo tanto como en Carnavales. To el mundo que se tiene ganas aprovecha esta fiesta para liberar toda su rabia y su miedo. Como si esta noche pudieran descargarse libremente, sin ley ni castigo. Aprovechar la máscara, aunque aquí todo el mundo sepa quién eres, para hacer lo que te apetezca tranquilamente. Aunque, para ser honestas, son minoría, lo que pasa es que hacen más ruido que la gente que simplemente sale a pasarlo bien. La mayoría desean una fiesta común. Compartir el espacio público. Bailar, joder, bailar. Esperamos durante todo el año esta fiesta. Esperamos y deseamos fuertemente que llegue febrero y que la música invada el centro de mi ciudad. Pero siempre tiene que llegar un imbécil para generar el caos. Después del acto invasivo y violento de la agresión, la fiesta continúa a no ser que te hayan abierto la chota con una botella de Larios y tengas que ir al Infanta.

A veces, lo que nos caracteriza también como especie no es la capacidad de cooperar, sino de destruir. En todas sus formas.

Total, que mi prima llega la última y ya estamos todas. Después de un par de vasos de tubo en mi casa, bajamos a los soportales de San Atón que es donde está la gente un poco más mayor y comienzan las putivueltas. Desde luego que lo que tenemos que aguantar con el lenguaje es para medalla olímpica. Vaso de plástico y arramplar con el hielo que vayamos encontrando y pidiendo, porque en este grupo, y en cualquier otro, escasea la capacidad matemática para traer las bolsas que necesitamos. En la acción de dar o pedir hielo en un botellón hay una generosidad altruista. Estamos en las mismas y buscamos lo mismo. Dar y gracias y adiós y quizá te quedabas a hablar con la muchachina que se convertía en tu nueva mejor amiga de la noche. Las amistades femeninas nocturnas de cinco o cien minutos son lo que luego conocimos como sororidad. Acha, cualquier cosa aquí estoy. Acha, avisa cuando llegues. Avisa cuando llegues. Es probable que le contases más de lo que quizá has contado a cualquiera de tus amigas que están por ahí dando voltios o quizá les decías AchA Tía tE KiErO Ya pA sIeMpRe.

Tres o cuatro cubatas y subimos parriba, pa San Juan, que en realidad se llama plaza España pero que por lo que sea, bien por sarna o por fe, nunca he escuchado a nadie nombrarla así. De San Atón a San Juan nada más que hay que subir la calle Zurbarán que cualquier día normal la atraviesas en tres minutos como mucho, pero es probable que hoy tardemos entre hora y media o dos en llegar. Subiendo y cantando Melendi porque a la Cata le gusta muchísimo Melendi, *y no lo entieeendo, fue tan efííííimero.* Te encuentras a tu prima la mayor que está con sus amigas las mayores que están cantando Los Delinqüentes y te unes al coro *y el aire de la calle a mi me huele a goma fresca, yo lo asumo, me lo jumo y me escapo por la cuesta*. Muchas risas. Entras también al bar donde Raúl, el amigo travesti de tu madre, está como una reina en su *show*. Va vestida de una especie de ricitos de oro aristócrata con un traje dorado y blanco. Te bailas su mijina de Rafaella Carrá *todos dicen que el amor es amigo de la locura, pero a mí que ya estoy loca es lo único que me cura...* Raúl siempre me recordó un poco a la reina Isabel II, impoluta. La inglesa, claro.

En la plaza de San Juan, donde está la catedral y el ayuntamiento, suena desde Gloria Trevi hasta Lorna. *Y me solté el cabello, me vestí de reina, papi chulo, me puse tacones, papi papi papi ven a mí, me miré y era bella*. ¡Lo sublime! Y allí que vamos las siete u ocho que somos y nos juntamos con el resto de grupos de nuestra o no edad de BadaYork.

Evidentemente allí nos conocemos todas, evidentemente sus madres y sus padres o sus hermanos o sus primos conocen a tu madre o padre o hermana o prima. Ninguna escapatoria para la intimidad. Aquí son tos mu enteraos. Aquí se sabe to menos lo que verdaderamente importa porque está dentro muy dentro y da pánico y te deja sin aire una noche a las tres de la mañana mientras ves algún programa de esos en los que tienes que llamar pa averiguar la palabra y va cayendo dinero por una cinta y nunca te cogen el teléfono porque trampa trampantojo y no vas a contarlo porque en dos días tu madre o tu padre lo sabe y no quieres que sufran. No quieres que se preocupen. Quieres que estén seguros de que tú puedes con ello y, aunque hayas ido al hospital con un ataque de ansiedad a las tres de la mañana pa que te chuten algo, es mejor que no lo sepan. Que esté ahí bien escondío. Donde nadie mira. EsTo En aLGúN MoMentO Te eXpLoTaRá En La CaRa. Mientras suena *Mi gran noche*, veo que el Toni, que es uno de los amigos del Santi y que siempre anda un poco en babia, se mete una raya de algo que será cocaína o speed y me da una arcada y me voy muy nerviosa a buscar a mis amigas porque yo qué coño hago aquí y por qué tengo que comerme esa basura esa baba esa chapa y esa mandíbula. Que se escacharre la cabeza y se quede emparanoyao si quiere. Pero yo no tengo por qué ser testigo de esta otra parte. No quiero.

Volviendo a buscar a mis amigas que están en el centro de la plaza bailando en círculo, soy capaz de ver un poco todo esto desde fuera y todo parece… parece…

Mi prima y Sole se están meando así que vamos a mi casa que está literalmente a dos minutos de la plaza. Mientras mean les hago fotos con una cámara de usar y tirar y pienso si vomitar o no vomitar porque no veas la cantidad de litros que está intentando depurar mi hígado. Finalmente decido que mejor no. Aquí hay mucha gente y pa qué dar información. No les cuento que he visto al Toni drogarse porque uno más no por favor. Mi prima dice que tiene mucha hambre y que por qué no vamos a comprar una papa rellena pa las tres y así esponjamos un poco el estómago. A ver, Cata, de todos modos son las seis de la mañana ya. Mejor nos vamos a San Roque y nos comemos unas migas o unos churros antes del entierro de la sardina. Desayunar en Badahó es un privilegio. La FeLiCiDaD Es uN pLatO De MiGaS o uNa CaTaLaNa cOn jAmóN. Pero jamón del weno, del de la dehesa, no la carne esa salá que ponen por ahí. Pero Sole quiere quedarse un rato más porque anda por allí el cansino de su novio que también tiene moto y han quedado en verse un rato. Mi calle jiede a meao que flipas. La peña es muy guarra.

El Santi aparece con unos pantalones militares y una camiseta blanca muy ajustá, marcando vena. ¿En serio? Qué original. Yo no entiendo que con la que está cayendo no se haya cogido un chambergo o algo. Pero quién soy yo pa hablar si llevo puesto un culot con la rasca que hace. Sus amigos, menos uno, son gente absolutamente prescindible en este planeta y, cuando hablan, yo solo escucho una especie de sonido gutural, como si tuviesen la boca llena de perrunillas. Se han quedado sin neuronas porque básicamente su plan es quedar en el parque y decir: ¿Quién fuma? El puma.

El Santi, que fue mi novio el año pasado y que lo será dentro de unos meses, se entretiene mandándome mensajes desde las cabinas al teléfono Domo que hay en mi casa con canciones de El Barrio. *Por qué te vas amor si sabes que mi corazón sufre por ti.* Este muchacho me gusta. Tiene esa mirada rota pero pillina.

Todavía no había visto lo que tenía dentro. Pero lo barruntaba. Olía a colonia cara y a desgraciao. *Cuéntale que te conocí bailando cuéntale*. Bailaba él sacando morros y bailaba yo echándole morro. *Otra, otra noche otra*. Siempre con un Chesterfield en la boca y siempre metido en mierdas con muchachos de otros barrios. Aunque es más listo que los ratones coloraos. Le vende gafas a un ciego, decía yo. *Yo quiero bailar, tu quieres sudar y pegarte a mí, el cuerpo rozar. Play*. Una vez le robaron la moto y su madre tuvo que pagar dinero por recuperarla. También tuve que pegarme con un tío por él. El Rodri vino al parque donde estábamos y fue directo a por él vete tú a saber por qué y yo me metí en medio del batiburrillo que estaban formando y al final me llevé un divertido cate en to la chota. El Santi salió corriendo y se fue a Olivenza de fiesta con su moto y sus colegas, y yo me fui con el Rodri después de que me pidiera perdón por apoquinarme semejante puñetazo a tomarme una cerveza, porque gilipollas solo a medias. Esto fue el año pasado y fue el motivo por el que lo dejé. Más o menos.

No sé en qué momento, pero ya es de día y de pronto se hace un círculo inmenso en San Juan. Demasiao espacio. Escucho algunos gritos y alguien me empuja. En el centro del círculo hay un muchacho muy bajito con el pelo rapao y una raja en la ceja que ha sacao un cuchillo de esos de carnicero y está girando sobre sí mismo. A ver quién pilla. Mi prima Cata y Sole están justo en el otro lado y yo no sé por qué estoy aquí con el Santi. Tampoco sé muy bien por qué me vengo arriba y me quiero hacer la valiente. Tiro hacia el bajito rapao con intención de morir o quitarle el puto cuchillo y ser bendecida por mi gran acto de amor pacense. ¿Pero qué haces? Mi prima me mira desde lejos y yo corro corro corro hacia el muchacho. ¿Pero qué haces? El Santi me agarra de la cintura, me tira patrás y me caigo al suelo. Nadie se ha dado cuenta de nada. De mi acto de valentía suicida. Todo el mundo está girando sobre sí mismo sin saber qué hacer o queriendo pincharse. Un grupo de señores muy señoreados consiguen aplacar al de la ceja partida y ya está. A otra cosa, mariposa.

Nos miramos un rato con ganas, y el Santi me suelta que me vaya con él a su casa. GoLpe BaJo. Pero hoy no porque he quedao con mis amigas en que vamos a ir a ver el entierro de la sardina. Son los Carnavales y esto es sagrao. Me mira un poco con carita de perro degollao como intentando encontrar dentro algo, como intentando abrir mi grieta. Quiero besarle, quiero decirle que es el muchacho más guapo que hay aquí. Que le echo de menos y que me iría con él a cualquier sitio, pero que ya me la ha jugao demasiadas veces. Que no confío en él. Que ahora estoy tranquila. k eS Lo K HaY. AhOrA StOy tRaNkiLa. No abre mi grieta. Cierro las compuertas y me voy.

Ya es tarde, deben ser tipo ocho de la mañana. Lo suficientemente temprano como para bajar de San Juan hasta San Andrés, cruzar el parque de los militares, entrar en San Roque y meternos en la primera cafetería abierta que haya. Joder, tengo muchísima hambre.

¿Pero hambre de qué? ¿Hambre de qué?

Un café con leche y unas migas o una cachuela era como hablar con Dios un ratito. Ojeras hasta la garganta y rimel corrido. Te caes del sueño, pero hay que aguantar que viene el desfile y vamos a enterrar todo esto. Por favor, vamos a enterrar todo esto. *Señores han sido testigos de cómo la evolución los ha hecho víctimas de la misma.* Y poner bajo tierra todo este paganismo en este falso cortejo fúnebre que pasea por las calles de San Roque. Este cortejo que terminará ardiendo. La sardina. Los disfraces. Los colores. Quemarlo todo para subvertir el bizarrismo de la fiesta, y con el fuego regenerar y librarnos de todo mal. Porque es martes o miércoles y es ceniza. Aunque aquí ni Dios deje de comer carne.

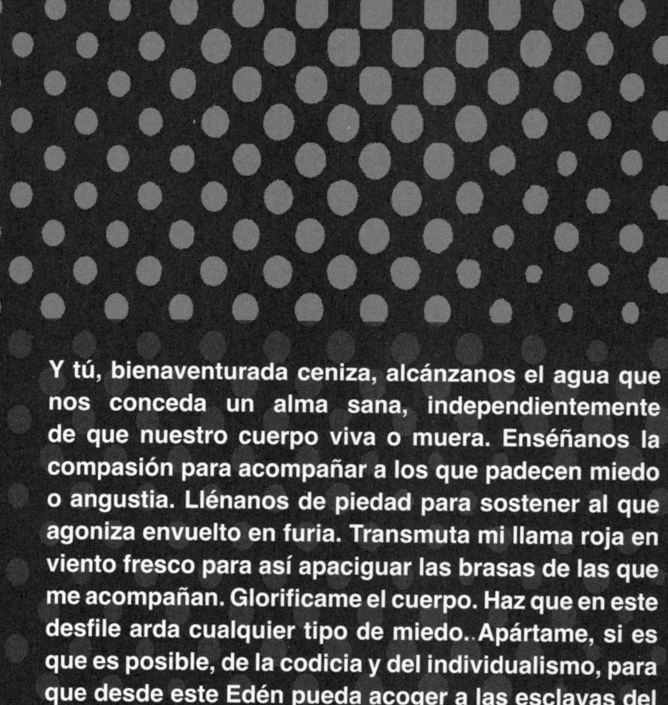

Y tú, bienaventurada ceniza, alcánzanos el agua que nos conceda un alma sana, independientemente de que nuestro cuerpo viva o muera. Enséñanos la compasión para acompañar a los que padecen miedo o angustia. Llénanos de piedad para sostener al que agoniza envuelto en furia. Transmuta mi llama roja en viento fresco para así apaciguar las brasas de las que me acompañan. Glorifícame el cuerpo. Haz que en este desfile arda cualquier tipo de miedo. Apártame, si es que es posible, de la codicia y del individualismo, para que desde este Edén pueda acoger a las esclavas del pensamiento. Lléname de ceniza para así recordar las virtudes de la fragilidad humana.

Por ti, que vives y reinas convertida en animal acuático.

Semiótica

Varias cosas:

1. Amaretto o amarguinha.

2. El universo está constituído por un 85 % de materia oscura. La materia oscura no interacciona con el campo electromagnético, eso quiere decir que no la podemos ver, ni es absorbida por los materiales, ni tampoco es reflejada. La llamamos oscura porque no la podemos ver. Por eso, más que oscura deberíamos llamarla transparente.

3. Némesis, hija de Nix, es la diosa griega conocida como la diosa de la venganza divina y la justicia retributiva.

4. Daddy Yankee es Ramón Luis Ayala.

5. *Weltschmerz* es el dolor psicológico causado por la tristeza que puede sufrirse cuando se comprende que las propias debilidades son causadas por la crueldad del mundo y circunstancias físicas y sociales.

Suena como muy rimbombante, ¿no? Dolor de mundo. Aunque quizá no es el mundo ni todo lo que existe, sino la especie humana y sus formas de conquista. O quizá no y es solo la imposibilidad de la acción libre la que nos aprieta tanto que desemboca en violencia. Elegir una verdad. Pero ¿qué sabemos de la verdad si el ego humano es incapaz de creer en lo que no ve? ¿Qué sabemos de la sentencia si la mayor parte es desconocimiento?

Antes de volver a Londres, Tarik me dio una kentia. No nos habíamos separado en los últimos dos días. Tarik solo pensaba en *tempos* de danza. En el arte. Estaba aquí conmigo, pero no lograba estar del todo. Pensaba en el siguiente montaje, en el siguiente proyecto, en el siguiente paso. Tenía todo el talento, pero le faltaba vida. Hacía arte porque no sabía cómo enfrentarse a la otra cosa. Había aprendido a sobrevivir en un entorno que le exigía más y más y más, y había terminado por asumir que su única posibilidad de existencia era ser el más talentoso, el más ambicioso, el más divertido, el más libre. Pero era una bola de arena de una esquina a otra sin descanso. Podría haber comulgado con el espíritu que tanto defendía. Pero era fuego sobre aire. Era ceniza. Se entregó aquí con sus manos grandes y su deseo de piel. Se entregó sabiendo que se iba. Colocó un vinilo en el tocadiscos y me habló de su madre. Tenía el mismo miedo que yo a sentir que se le cierran las compuertas y que se le obliga a una forma, a una ley. Era un pecho abierto y, en la apertura, se escapaba de sí mismo. Había estado roto, completamente. Pero en su pecho estaba su resistencia. Podría haberse dado cuenta de que estaba aquí. O quizá estuvo tan presente que la consciencia no tenía espacio. Me propuso viajar a Lisboa, recorrer la costa de Portugal y acto seguido dijo que quizá estaba proyectando demasiado. El ego masculino es tremendamente aburrido. Frágil, tan frágil. Pero tenía el alma limpia. Eso también lo vi.

Los golpes de la caída desde la montaña me habían dejado un poco disociada. No podía juzgar a Tarik porque yo también estaba aquí, pero no del todo. Le escuchaba, pero no del todo. Intentamos hacer un esfuerzo enorme por estar aquí. Lo conseguimos a ratos. Conseguimos estar en absoluta presencia sabiendo que jugábamos en una cápsula. En un tiempo que no existe. Me quedé un rato ahí porque aún no podía acercarme a Juana. Me quedé un rato ahí porque Tarik no representaba nada. No era un camino ni tampoco un lugar. Quizá solo el tránsito del arte a la otra cosa.

Me había enamorado de una mujer con ojos azules que respiraba flojito. Una compañera del elenco. Juana era una charnega de pelo castaño claro aunque todo el mundo consideraba que era rubia. Sus abuelos venían de un pueblo muy pequeño entre Huelva y Sevilla. Tenía ese acento típico de alguien que todavía resiste y se hacía la permanente en las pestañas cada veinte días. Pero Pau y yo no nos estábamos separando por eso. No nos estábamos separando por eso. Ese no era el motivo. Ese no era. El motivo era que yo era violenta. ¿No era eso? Pau dijo que se iba porque yo era violenta. ¿No? La paz. ¿No era eso? Me había enamorado de ella. Me había enamorado de lo que tenía dentro. Entre medias todo fue el caos, y ahora no podía acercarme. No ahora. La culpa. Eso era. Ella era la culpa. Pau me lanzó de aquella montaña, pero sabía que ella estaba abajo. Dentro del mar. Pero aún no podía acercarme. Aunque ya había estado al borde del precipicio con ella. Aunque ya habíamos compartido casi como un descuido el límite de los cuerpos. Aún no podía acercarme porque me había convertido en la protagonista de una película de Joachim Trier. Me había convertido en *La peor persona del mundo.*

Yo quiero entenderlo todo. Acción imposible. ¿La totalidad de qué? ¿Cómo puedo yo afirmar una verdad taxativa si en mis líneas de pensamiento asumo una realidad y la contraria? Si yo soy lo que soy por lo que fui, pero si lo que fui hubiese sido otra cosa sería ahora otra, y si lo que fui pudo ser posible solo por una de las posibilidades, que no la única, podría mañana elegir otra yo. La definición del yo me ha limitado la experiencia. La puta percepción. La identidad elegida que me ayudó a seguir viva, literalmente, a defenderme con los dientes y a diferenciarme de lo otro me asfixió y se caducó en el momento en el que ya solo una yo fue posible. Toda mi ira y todo mi amor nace del mismo inicio. De la misma explosión. Inquebrantable. Toda mi violencia es tuya. Todo mi ardor es tuyo. Toda yo soy en todo lo demás.

Esas eran las únicas frases escritas en una hoja color marrón que Tarik me había dejado estratégicamente sobre la almohada. Es un fragmento de la pieza que estrenaremos en un par de días. Un fragmento de Ismene, la hermana de Antígona, la mujer de ojos azules que respira flojito debajo del mar.

Leo una y otra vez el texto pensando que es una lástima que Tarik crea que tengo que recordar estas frases como si yo no hubiese hecho los deberes. Releo las frases mientras me fumo un cigarro pensando que la palabra es la primera forma de violencia porque nada nuevo hay en un lenguaje obsoleto. Nada nuevo en la estructura. Releo las palabras por separado, como si yo no hubiese buscado y rebuscado dentro. Como si yo no hubiese pensado en la posibilidad de liberarme de mí misma una y otra vez. Como si no hubiese abierto las heridas. Como si todo esto fuera solo de mí. Como si todo esto fuera solo la búsqueda. Como si yo no fuese consciente de que mi obsesión por la libertad, por ese estado de no dominación, ni de opresión, ni de abuso, ni de invasión, se choca contra mi propio yo, agarrando lo ya conocido. Que no se vaya. El control. Exponer la totalidad de mi yo holístico me aprisiona. Materia oscura de conocimiento.

Como si no fuera el mayor acto de fe y de amor entregar también la violencia, la rabia, la ira.

Respira.

KieRo FeRia

De chaborrilla me daban miedo los fuegos artificiales y las películas de Jesucristo. Lo primero por explosivo y porque me hacía pensar en que los estruendos de los fuegos debían sonar parecido a cuando caen bombas en algunos lugares y aniquilan a cientos de personas. Me asustaba. Las películas que ponían en Antena 3 en Semana Santa me daban miedo porque estaba convencida de que los romanos querían venir a por mí a crucificarme.

Aquí en mi tierra, la noche del 23 al 24 de junio, San Juan, coincide con la mejor noche de feria y de brujas. Y otra cosa no, pero a mí una bruja y una feria me gustan. Así que este año asumo los fuegos, las bombas, la magia, los coches chocones, que son todo lo que está bien en esta vida, el barco pirata, la noria, la V, la casa del terror que no me gusta y el tren de la bruja. Asumo también a los muchachinos en la cosa esa del saco boxeo en la que siempre hay una fila de cinco o seis a ver quién le da más caña. El zigzag, el saltamontes, los algodones de azúcar y el coco, que le gusta mucho a mi padre. Detesto con fuerza los caballitos pony, ¡¡Los caballitos pony!!, así, con ese sonido que se incrustará para siempre en mi cerebro. Música para mis oídos es ¡Churrería Chocolatería Hermanos Pernía! Aquí no saltamos hogueras porque las llevamos dentro, y saltar de una misma puede dejarte con las tripas espachurrás en medio de la carretera, y porque saltar una hoguera mola en la playa pero llegar a Comporta o Carvahal, que son nuestras playas portuguesas ^^BaDaHó Es uN PoCo PoRtUgaL Le PiKe A KiEn le PiKe^^, son casi dos horas y ahora mismo me va malamente. KieRo FeRia.

Lo que sí hacemos en familia antes de subirme al autobús que me lleva a la feria es quemar en un papel lo que queremos soltar o los deseos que queremos pedir. No sé muy bien lo que hay que hacer en realidad, si quemar el pasado o pedir el futuro. Pues los dos por si las moscas y así de paso te quitas el mal fario. Pero sé concreta, hazme el favor, que una vez Sole pidió cien euros y al salir de su casa se encontró esa misma cantidad pero en billetes del Monopoly. Diosito es así.

Aquí está to pichirri. Muchas generaciones diferentes unidas por la celebración y la brujería. Hay mucha gente que se queja de que na más que nos juntamos pal jolgorio. Que las jóvenes no tenemos compromiso con na más que con la fiesta. Esa es su opinión, qué le vamos a hacer. No se han parado nunca a escucharnos, pero saben perfectamente lo que somos y lo que buscamos. No nos han dado nunca el espacio de contarles lo cansadas que estamos de exigirnos ser perfectas y tampoco nos han pedido nunca perdón por habernos traído a un mundo que se cae a cachos.

Pero primero lo primero, y lo primero es terminarnos esta botella aquí. Después es probable que tres o cuatro fichas en los coches chocones mientras *nunca debí enamorarme* y pa la caseta que, por cierto, hay que tener ovarios para llamar caseta a las carpas esas que ponen en las ferias de Madrid. Dos, tres o cincuenta sevillanas, pero sobre todo *Obsesión* o *Ella y yo*,

Aventura. UUUUF. *Dos locos viviendo una aventura castigada por Dios*. Suele haber un grupo de cuatro o cinco animadores latinoamericanos en la barra de la caseta enseñando unos pasos absolutamente innecesarios para la productividad y por esto mismo irreverentes y liberadores. Más tarde nos gustará más la feria de mañana, cuando aún hace sol, ahora lo que necesitamos es que no salga. Entre paso y paso en algún momento iremos a ponernos finas con una buena papa rellena. *Pues tú también llegaste a ese lugar donde tantas veces yo la fui a buscar…* Aprovecharemos pa echar unos cuantos de cartones al bingo por si acaso nos toca un exprimidor o una tostadora, y quizá tirar un par de dardos a los globos de colores. Entre el osito de peluche rosa con un corazón en el centro que pone «Te quiero» y Nemo, me quedo con Nemo. ¡Qué inquina me da ver a las muchachas durante to la noche con el peluche a cuestas porque el novio de turno se lo ha conseguio en las escopetas! ¡Pero si con ese bicho no puedes bailar ni na! Y con el peluche tampoco.

El Santi hace su aparición estelar mientras suena *Pa que lo bailes* de La Húngara. El Santi aparece siempre, pero yo no recuerdo decirle nunca dónde estoy, aunque tampoco es que sea muy difícil coincidir en estos saraos. Al final aquí somos cuatro y todavía no ha pasado nada. Hemos vuelto. La verdad es que se lo ha currao mucho. Después de meses mandándome mensajinos románticos por las cabinas y buscándome para llorarme un poco sus penas, yo qué sé. Creo que se merecía una oportunidad. Hay un amigo suyo, el Cristo, que ahora mismo está al lado de la barra pidiendo algo de beber y del que el Santi me dice que es que le da penina porque siempre está fatal de perras. El Santi dice que le da penina porque es tan wena gente que se aprovechan de él. Yo le digo que lo que le tiene es envidia porque le quieren más que a él.

El Santi parece normal. Normal dentro de lo normal quiero decir. Tiene un grupo de amigos con los que va en moto a las fiestas de los pueblos, un pitbull, mucha picardía, una hermana pequeña y una casa de tres plantas. Bueno, esto no es muy normal. Tiene también una forma de bailar que me encanta y una moto a la que le da brillo. Pues eso, lo normal.

Estamos en la caseta y suena La Húngara y el Santi me mira y me dice algo así como ^^¿Me KiErES? aLfiLeRes ¿A JuNtas? SaCaPunTas. Ole Ole Ole^^. Puto asco me da esto. Pero lo hace así, con la carina de travieso y no me da pa picarme. Porque, la verdad por delante, aparte de guapo, el cabrón es divertido y no se le ve malicia ninguna con la sartá de tonterías que puede llegar a decir. O quizá me dice algo así como ^^Te KiErOh con la LoKuRa de Un LoKo EnAmOrAdO^^ o KizÁ nO mE dIcE nAdA y SiMpLeMenTe NoS cOmEmOs La BoCa. Cuando nos besamos, a mí se me sube una cosa a la garganta fuerte. Como cuando tomas petazetas. Pero no me peta la lengua, sino que me explota en la tráquea. Me baja hasta el pecho y se me queda en la boca del estómago. Una especie de espasmos musculares que me da ganas de vomitar.

La tierra nos ha colocado una capa de polvo en el cuerpo. Hoy no hay conflicto. Ninguna necesidad. Luces de feria. Trajes de gitana. Huele a panceta y a algodón de azúcar. Subimos a la jaula del barco vikingo y encogemos las piernas cuando la punta del barco está arriba pa que al caer tengamos la sensación de estar volando. Eso sí. Agarrarnos a los barrotes de la jaula mientras suena *Pirata de bokita*. Dejarnos volar en grupo. *Siendo yo un pirata, que no teme el dolor*. Montarnos en el saltamontes y sentir que el estómago se nos sube a la garganta y reirnos tanto que duele. No poder parar de reír. Agarrarle a tus amigas el bolso cuando se suben a la V porque ahí sí que no me subo. El grupo en los toros mecánicos. Caerse y volverse a levantar. Caerse y volverse a levantar. No poder parar de reír. Pantalón vaquero de cintura baja y campana. Zapatillas blancas y top rosa agarrado al cuello. Aros rizados imitando al oro. Raya del ojo negra y larga. Coleta alta y tirante. Pelo largo, siempre el pelo largo. Dos mechones fuera. Negrita cola. Las Chuches. Camela. *Cuando zarpa el amor*. Las niñas, los niños, las niñas, los niños. Está todo bien. Joder, es que realmente lo estamos pasando bien. *El pantalón*. LaS CoSaS ChiQuiNiNas.

Qué pesás mis amigas con que llamo mucho la atención bailando. No lo hacen a malas, yo lo sé. Supongo que les dará cosina que de pronto la gente hable o se pongan a criticar. Pero lo que ellas no saben es que es el único momento en el que mi mente deja de tener cientos de pensamientos que se acumulan como una náusea. Que este instante, este momento-ahora en el que estoy en medio de la pista con los ojos probablemente cerrados y los morros pa fuera es de los pocos en los que estoy en vacío y me importa mu poquino la mirada de cualquiera que se atreva a juzgarme. Anda y que se vayan a cagá a la vía. Probablemente por eso me enganché al Santi. Porque bailaba. Estaba ahí, con su camisetina blanca marcando biceps. Con esa piel morena y esos ojos negros moviéndose como si también él se estuviese liberando de algo. Que ellos bailen es bastante anormal en una caseta o en la Vinilo o en la Declub o en cualquier espacio con altavoces. La postura masculina suele resumirse a estar cerquita de la barra, copa en mano y estar al pesqui. Como mucho se mueven de lado a lado como una especie de péndulo absolutamente arrítmico y afirman con la cabeza vete tú a saber qué.

Mira tú por dónde que aparece Sole con el cansino este que también tiene moto pero de dirección poca. Le detesto profundamente. Es que tiene to la cara pan y no sabe vocalizar. No entiendo cómo Sole, que es una de las mujeres más poderosas e inteligentes que conozco y que es capaz de echarse al hombro obligaciones que no debería tener con su edad, ha podido engancharse de este tío. Sole es de las mejores de la clase y siempre tiene el consejo bueno para todo. De nosotras cuatro, es la más templada. Estar cerca de ella es sentir que puedes aprender cosas que te servirán para mirar el mundo de una mejor forma. Sole quiere ser trabajadora social y aunque no es nada religiosa le encanta llamarse como la Virgen de la Soledad que es la patrona de esta ciudad. Soledad. Qué importante la elección de un nombre. Creo que Sole siempre se ha sentido un poco sola. Creo que ha sentido que eso era lo normal al igual que todas asumíamos como normal lo que dolía.

Lo normal era ver que tu amiga cada día estaba más triste o que tu otra amiga tuviese unos mordiscos en el cuello. Que no supiésemos identificar por qué y pensásemos que el novio lo que que le pasaba es que era muy pasional. No. Que otra amiga tuya compre unas pastillas abortivas que son para las úlceras de estómago a una muchacha que tiene un Renault Scenic y se las lleve al parque un martes a las ocho de la tarde por veinte o cuarenta euros. Lo normal era que tu amiga tuviese que encargarse de su hermano pequeño sola. Lo normal que dolía era ir con una de tus amigas a esos bancos de cualquier parque a buscar a quien necesita encontrarse. Escucharla gritar y decir TiRa PaRriBa, JoDer. Que otra amiga tuya se viese forzada a hacerlo con su novio porque todo el mundo lo había hecho. Que una de tus amigas tuviese un hijo a los quince años, al que amamos por encima de todas las cosas, pero que hizo que tuviese que dejar el instituto. Lo normal es que te tiren escaleras abajo en una casa de tres plantas y te metan en el cuarto de baño de la habitación de los padres a pegarte patadas en el estómago. Que después los vecinos llamen a la puerta porque están escuchando ruidos fuertes y que tú te quedes en silencio y con la garganta ardiendo. Que después te cojan del pelo, te saquen de la casa y vuelvas a llamar al timbre porque te has quedao un pendiente de aro o a ti misma. Eso. Lo normal.

Pero joder, hoy estamos bien. Hoy lo normal es ver a tus amigas con los ojos brillantes porque estamos juntas. Porque todo es fácil. Hoy lo normal es que empiece a correr cierto aire fresco al salir de la caseta. Que mi prima se haya hecho amiga de uno de los animadores y le haya prometido que se apuntará a clases de salsa la semana que viene. Esta noche lo normal para la Tati es haberse hecho un poco de pis encima de la risa y que Sole se haya olvidado de la cantidad de horas que ha echado este último mes para aprobar todo. Joder, es que hoy estamos bien. Son las brujas. Es la magia. Lo más normal es que a estas horas nos vayamos a casa cuando suenan *Los Lunnis* o alguna de esas canciones que ponen para avisarnos de que ya está bien. El Santi me camela para irme a dormir con él. Hoy me apetece y me aPeTeCe. Así que enga, agilando. A las niñas las viene a recoger el padre de Sole y yo me voy en la moto con el moreno este que me he echao de novio. Pasamos por delante del bicho ese de boxeo y el Santi me reta a ver quién tiene más fuerza. Le gano. Le pica un poco, pero disimula. Venga, vámonos ya que está amaneciendo.

Pero antes de todo ChUrRoS cOn cHoCoLaTe En CHuRrErÍA ChOcOlaTeRÍa hErMaNos PeRnÍA.

K HaRé CoN eL MieDo.

Y desde el polvo salió y dijo:

Tú caminarás a mi lado. Conseguirás que el fuego que te habita se transforme en agua clara. Confía en tu parte más oscura, pues será ella la que te saque de los lugares más peligrosos. Eres la luz que resiste dentro de la cueva. Eres el desierto donde se integran las dos partes del mundo. Recuerda que eres la luz y también la sombra.

Semiótica

Varias cosas:

1. Las acelgas son de invierno.
2. A pesar de las advertencias, desde 1991 hemos emitido más CO_2 que en el resto de la historia humana.
3. No me fío del PIB.
4. *Carrie* es la primera novela de Stephen King, publicada en 1974.
5. En marzo de 2016 la Unión Europea y Turquía firman un acuerdo migratorio millonario por el cual Turquía se compromete a impedir que los refugiados lleguen a suelo europeo.

A veces, cuando me entran muchas ganas de estallar, me paro, cojo mucho mucho aire y lo voy soltando poco a poco, poco a poco, poco a poco.

Pau y yo habíamos vivido juntos cuatro meses antes de la explosión. Vivíamos con más gente, pero casi nunca andaban por casa. Yo estaba convencida de que quizá esta vez sí que podía adaptarme a una forma. Confié, sin escucharme, en que el sistema oficial tenía un hueco para mí. Quise pertenecer. Fue una decisión tomada. Error. Por eso se movieron las placas tectónicas.

La casa era blanca y tenía un jardín precioso desde el que veíamos la montaña mágica. Él cocinaba y yo le daba conversación. Le contaba de mi obsesión por no ser un cuerpo y del deseo de trascender la materia. Le aseguraba que es importante activar las glándulas sin intervencionismo de pastillas blancas. Ir un poco más arriba. Cansada de que me duela el estómago. De la presión en la vesícula. Completamente agotada. Le conté también lo del hospital y lo de la moto. Le conté lo de la sangre y el guantazo. Le conté quizá demasiado. Le conté que me había sentido alejada y envuelta en una especie de masa negra inmensa e infinita. Como aquella luz que ves pero que ya no existe. Él me miraba pero no me veía. Porque la estrella explota y ya no está. Pau no entendía por qué alguien como yo había permitido todo eso. No entendía por qué alguien como yo podía haber permitido todo eso. No entendía por qué alguien como yo podría haber permitido todo eso y pude leer el juicio y la condescendencia.

Mi lenguaje está obsoleto.

Tengo hambre pero ya no me apetece comer. Él clava su mirada y puedo intuir dentro algo. No sé exactamente qué es. Pero no es bueno. No es limpio. Él no contesta. No me mira. Leo el juicio. Su juicio. Y ya no es posible ir más adentro porque el universo no deja de expandirse y no hay límite y no hay fin y, si no hay fin, no hay límite de búsqueda ni final concreto que te sirva para volver a definirte y defenderte del próximo ataque. Porque, si el universo deja de expandirse y la energía oscura se debilita con el paso del tiempo, toda la materia se acabará concentrando dando paso al inicio de todo. A la primera explosión. Antes de dejar de comer podrías probar a dejar de fumar, es su única frase.

Un
poco
más arriba.

GAS.

Si consigo parar y mirar. Si consigo que el incendio no llegue, aguanto el aire en una apnea de cinco segundos y dejo salir el aire poco a poco, poco a poco, poco a poco. Entonces asumo que está todo bien y que quizá soy yo que leo cosas en su mirada que me invento. Afuera hace frío, pero seguimos sin encender la chimenea. No, no me lo invento. Todo en mí es hambre, nuevamente. No consigo saciarme porque no termina nada, y así en el bucle infinito de hambre o ansia. Hamsia. Que tiene las mismas palabras que el Yama Ahimsa, que en sánscrito significa: «No violencia y respeto hacia la vida». No solo no matar, sino no causar dolor físico ni emocional a cualquier ser vivo, ya sea a través de los pensamientos, las palabras o las acciones. Evitando la acumulación de un karma dañino. La mayor fuerza a disposición de la humanidad. Expresar nuestro amor. La paz integral para con una misma, no hacerse daño a una misma. Lo contrario a Himsa.

No hacerse daño a una misma.

Estoy
en
ello.

Pero es el hambre o la necesidad de saciarme. Es el hambre de mi propia necesidad de verdad. De la verdad. Es justo en ese momento en esa casa en esa mirada en esa necesidad de dármelo o quitármelo donde se convierte la acción en adicción. En deseo de vacío no vacío. La adicción a ese momento en el que el cerebro para y el cuerpo descansa, y por eso vomitaba para apagar el cerebro y por eso vomitaba para apagar el cerebro y por eso vomitaba para apagar el cerebro y por eso vomitaba para apagar el cerebro y por eso vomitaba para apagar el cerebro...

Es este el cuerpo que yo he masacrado para agarrarme con fuerza a la calma. El daño de la acción que reventó mi intestino y el nivel de cortisol alto. Altísimo. El tigre justo detrás. Lo que no se me dio o lo que se me dio en exceso. Lo que no se me dio o lo que se me dio en exceso. Respiro porque todo es lo mismo y dónde está el hambre y el hambre de qué o de quién o de qué manera. Y todas las veces que pasó sin que yo estuviese presente y todas las veces en las que le pedí por favor que no me mirase y que se alejase por favor cinco minutos porque ahora no puedo hablar porque estoy haciendo mucho esfuerzo porque estoy a punto de explotar y arrasar con todo.

Pau no entiende lo que me acaba de pasar. No entiende este cambio radical e instantáneo. De cero a cien. No entiende por qué le pido por favor que me deje cinco minutos. Una distancia. Un rescate. Distancia que él no acepta porque está en el mismo momento que yo pero con otro miedo. Con otra herida. Su pánico es que me vaya demasiado lejos en cinco minutos. La pena es que no se dé cuenta de que ya me he ido. Por eso me mira pensando que algo en mí no está bien y eso me genera demasiado calor en la cara. Estoy bien, joder, que sí estoy bien. Me arde la cara. Solo pido un momento en el que me pueda quedar yo aquí conmigo entendiendo que el tigre ya no está. ¿No está? ¿No está haciendo lo que está haciendo? Te estás volviendo loca. Baja una marcha, me dice. Baja una marcha. Solo le he pedido que me diga la verdad de lo que estaba pensando. Porque sé lo que está pensando. Tengo esa capacidad. Sé lo que está haciendo. Lo estoy sintiendo aquí. En la boca del estómago. Él habla muy suave, coloca una mano encima de mi hombro y me dice que tengo problemas. Que es normal que tenga problemas por todo lo que pasó, pero que él está aquí para ayudarme sin ser mi juez ni mi prisión. Mentira. Estoy aquí para curarte. ¿Pero curarme de qué? De lo del hospital y la moto. De lo de la sangre y el guantazo. *Yo soy el Salvador. Hoy ha nacido en la ciudad de David un Salvador, el Mesías, el Señor.* La ira, la rabia, la violencia. Aguanta. Respira. Estoy aquí para cuidarte. Le pido por favor que me deje cinco minutos. Respirar cinco minutos. Un momento, por favor. No quiere. No quiere. No es el momento. Ahora tenemos que hablar porque para él es importante que hablemos. Porque para él es importante que hablemos ahora. En este instante-ahora.

Només un moment, perquè m'explotarà el pit i sortirà foc,
i et cremaré.

No intentes mostrarme un amor que no sea puro porque te conduciré al desvanecimiento. Será una masacre. Verteré sobre ti mis llagas abiertas y arruinaré la poca bondad que te queda. Puedo destrozarte ahora mismo. Puedo enseñarte los dientes y sé que te dará miedo. Que temblarás y no podrás moverte. Así que, por favor, déjame buscar la calma porque estoy llegando y está viniendo, y estoy llegando a ese límite y no puedo pararlo, y no está apareciendo la posibilidad de bloquear el pensamiento porque ya me he hundido, y esto no es ahora pero fue, y por eso vomitaba para salir del bucle y por eso vomitaba para salir del bucle y por eso vomitaba para salir del bucle y por eso vomitaba para salir del bucle y por eso vomitaba para salir del bucle y por eso vomitaba para salir del bucle y por eso vomitaba para salir del bucle y por eso vomitaba para salir del bucle y por eso vomitaba para salir del bucle y por eso vomitaba para salir del bucle…

Estábamos relativamente TraNqUiLaS

Porque aún no habíamos escuchado palabras claves. *Like Wild Horses*. A veces simplemente nos sentamos en un banco de cháchara en el Pitusa o en uno del parque la Rueda a comer pipas y ver el tiempo pasar sin mucha más pretensión que estar juntas. A veces vamos a la piscina de Elvas o al campo de la Tati que está en su pueblo. En el campo puedes pasear por caminos largos y cruzarte con otra gente y decir Hola y que respondan Hola. Eso es algo que me encanta de la montaña, que es imposible cruzarte con alguien y no saludar. Hola. Hola. Otras veces vamos a casa de Sole porque tiene una casa grande con patio y en su patio tomamos el sol en verano y nos mojamos con la manguera mientras ponemos música en el ordenador que nos descargamos en el Emule pa luego meterlas en nuestro MP4. O vamos al cine a ver alguna peli yanqui y al salir comemos o en el Burguer King del Conquistadores o en el McDonalds del Puente Real. Patatas Deluxe y Nestea. Big Mac. BIG BIG MIERDA.

También nos quedamos en el brasero. Lo del brasero yo creo que es de meseta pabajo. Andalucía y Extremadura como buenas primas hermanas que saben lo que es bueno. Esto Es Así. Gente lista. Brasero es igual a placer y peligro de no volver a levantarte jamás de ahí. Libro y estudiar en el brasero. Café en el brasero. Quedarte dormida viendo algo en la tele al brasero. Qué peligro una siesta en el brasero. El brasero sustituido por el radiador. Bah. El radiador no te invita a quedarte, te empuja a seguir produciendo. El brasero, en cambio, no te permite moverte. Quédate quietina. Descansa y no te muevas. No hagas nada, nada. No hagas na. Que pasen las horas y que venga gente si acaso a compartir la nada contigo. Apollardá en el brasero. Aquí, más agusto que en brazos en el mítico brasero con dos potencias, porque el de picón ya me da un poco más de cosina. Por lo de casas ardiendo y demás. Pues eso, a veces nos quedamos en el brasero y pueden darnos las tres de la mañana jugando a las cartas. Al burro, a la cuatrola, al cinquillo, al continental, al mentiroso, porque el género neutro manda. ¿Es posible lo neutro? *Carente de rasgos distintivos o expresivos.* ¿Neutro o Neutral? iMpOsIbLe AcCióN.

Que LLoReN Ivy. Que LLoReN.

Y las conversaciones tranquilas y el mismo tema, la misma herida, distinta reacción. Existe algo común en todas las que somos de los noventa. Las adolescentes de los 2000. Las que crecemos viendo en películas o series o anuncios o revistas a esas mujeres ligeramente anoréxicas, o anoréxicas del todo o claramente bulímicas, y es esa obsesión por estar delgadas. No sé si alguna de mis amigas vomita o deja de comer. No sé si hacen deporte en exceso y se culpan un día y otro y otro. Relativamente tranquilas porque la hostia de esto vendrá años después cuando, un poco más grandes y un poco más obsesionadas, nos demos cuenta de que nuestro objetivo en la vida, a lo que más le hemos dedicado tiempo, mente, consciencia y energía, ha sido a estar o pensar en estar delgadas y a la vez asumamos que ni siquiera va de eso y que va de todo eso. El cuerpo. El PuTo CuErPo. Que sí, que nos fríen a imágenes de mujeres planíííísimas, pero que también en el acto voluntario del control que requiere la acción de sacarte de ti misma o de arrancar cualquier invasión está la clave de lo que hay dentro. Dentro del cuerpo. Ahí es donde hay que buscar. Xo AhOrA nO mE dIgAs nI uNa SoLa PaLaBrA SoBrE Mi CuErPo X FaVoR. Porque exigimos hasta la asfixia. He llegado a envidiar a las anoréxicas porque al menos están haciéndolo mejor que yo. Desaparecer, supongo. La clavícula marcada y el pómulo firme. Y MuXo MeNoS Se Te oCuRRa aHoRa aCaRiCiArMe Xk CaRRiE eStÁ a PuNto dE SaLiR Y No SoPoRTo + eL CoNTaCTo y No SoPoRTo K aHoRa MiSMo SeaS CaPaZ De ToCaR sTo k DeTeSTo. DéJaMe ReSPiRaR. DéJaMe PaRaR sTo 1 MoMeNTo. CinCo MiNuToS Y aHoRa VueLVo.

Relativamente tranquilas en el parque de la Rueda y comiendo unas nubes que quemamos con el mechero aunque eso no tenga ningún tipo de sentido gustativo. Un litro y medio de Nestea o Fanta de limón y muchísimo tabaco. Industrial. La Tati ha tenío un problemina en el instituto y quiere cambiarse pa estudiar enfermería. Mi prima Cata quizá quiera meterse a la Guardia Civil. Sole se irá a Sevilla a estudiar trabajo social y yo creo que ahora mismo lo que quiero es irme de aquí. Me da penina por mi familia y mis amigas pero me encantaría bailar con alguna cantante. Mis amigas me miran un poco raro porque saben que eso de la danza y conseguir que te paguen por ello es muy difícil, pero yo pReFieRo MoRiRme De HamBre k MoRiRme De AsKo. Esta frase no sé dónde aparece ni quién me la dijo y yo la repito como una imbécil que cree que es verdad que prefiero morirme de hambre que morirme de asco. Pero si no he sido capaz de dejar de comer en mi vida. Cada cuatro segundos alguien se muere de hambre. Uno, dos, tres, cuatro. Uno, dos, tres, cuatro. Inspira. Uno, dos, tres, cuatro. Expira. Y yo estoy aquí con toda esta hambre y todo este hambre.

¿PeRo HamBre De K? ¿HamBre de K?

A ver, tías, les digo, no sé, pero realmente es que yo no me veo haciendo otra cosa. No me veo sentada en una oficina. Me da apechusque pensarlo. No sé, me imagino quizá siendo bailarina, aunque es verdad que no tengo suficiente técnica clásica pa meterme en un conservatorio. Debería haber empezao de más chica. Pero quizá podría estudiar algo así que tenga que ver con el cuerpo. Nosep.

Mientras me bebo este Nestea sabor melocotón y comemos pipas sin parar subida en el columpio que hay en el parque, imagino que quizá en un par de años, cuando acabe el bachillerato, pueda irme a estudiar a Madrid o incluso a Barcelona. Allí dicen que hay un montón de escuelas de danza y un montón de oportunidades. La Tati me dice que podría apuntarme a los *castings* esos de la tele, a alguno de esos programas de talentos, pero a mí eso me da mucha lache. Yo me veo más como en una compañía de danza o de bailarina de alguna cantante. Acho, es que imagínate poder ser bailarina de Beyoncé. Yo creo que si termino el bachillerato bien, mis padres me dejarán irme a estudiar con una beca fuera.

Mis amigas no están mu convencías. No porque no confíen en mí. Sé que me apoyan y que saben que a cabezona no me gana nadie. Pero les da miedo. Normal. Es que a quién se le ocurre. Sole me dice que ella lo ve y que le encantaría ir a verme a algún musical de la Gran Vía. Decidimos que vamos a ahorrar un poquino para poder hacer un viaje las cuatro a Madrid a cotillear qué se mueve por allí.

Estoy especialmente contenta. Sé que necesito sacar buenas notas pa que me den la beca y últimamente estoy floja con las clases. Pero es que después de lo de las tontas estas de mi colegio le he cogío pereza a to lo que está relacionao con los libros. Aunque ahora tengo un objetivo más grande. :)

Mis amigas me preguntan qué opina el Santi de to esto y yo respondo que me da tres leches y media. Que sabe de sobra, porque se lo he dicho muchísimas veces, que estudiar danza y salir de aquí es lo que me apetece. No creo que tenga mucho que opinar al respecto. Él ahora mismo ni estudia ni trabaja ni na. Que se ponga la pila también y mire algo allí. A lo mejor incluso también le viene bien porque tiene una amargaera encima que flipas. Yo ya le he dicho que busque algo que le motive y le centre. A mí la danza es algo que me mantiene en equilibrio y hace que no se me vaya la cabeza. Me centra y me motiva. Además, es que la cantidad de movimiento celular y de hormonas que genera una horita y media de movimiento al día me pone contenta contenta. No puedo permitirme no ir a clase. No puedo permitirle a mi cuerpo ese parón porque sé que si paro me voy a la mierda. Por eso al Santi le digo todo el rato que debería buscar algo que le genere algo parecido. Que es importantísimo tener salud física y mental para poder sobrevivir. Pero no me hace mucho caso la verdad y yo tampoco me quiero poner de maestra de nadie. Cada uno que apechugue con sus decisiones.

Son las dos de la tarde de un 8 de julio. El Santi viene a recogerme al parque para ir a su casa a comer y ver una peli.

Sus padres se han ido de vacaciones así que no hay nadie en casa. Bueno, está el perro, pero no le hago especial caso. No me gusta. Tiene pinta de perro dispuesto a atacar en cualquier momento. Es un perro en alerta. No tiene una buena mirada el perro. No es que sea malo. El perro nunca ha atacado a nadie ni na, pero es el típico pitbull blanco con manchas negras que parece que en cualquier momento te salta a la yugular por la espalda justo cuando menos te lo esperes, cuando más tranquila estés. Justo en el momento en el que todo parece que va bien.

Llegamos a su casa y subimos a la tercera planta. El Santi ha preparado una pizza Buitoni en el horno. Jamón y queso. Ponemos una película en la tele de su habitación. Es la típica peli de muchachinos con coches y narcotráfico y luces de neón. Yo tengo la sensación de haber visto la misma peli doscientas veces. El muchacho protagonista se enamora de una muchacha que na más que está ahí pa que el muchacho se pelee con otro muchacho. Ella se llama Lola y suele ir siempre con vestidos ajustados y se desvive por él. Mu wapa ella. Todos la miran al pasar. No entiendo por qué la cámara siempre la enfoca de abajo arriba. Sus pies, sus piernas, su culo. La ficción siempre contribuyendo a lo social. Me aburro. Muchísimo.

Llega el Cristo, el amigo este nuestro que es un bonito en realidad y es la excusa perfecta pa parar la película. Me levanto de la cama y voy a la mesa que hay al lado de la ventana donde el Santi tiene el ordenador. Entro al Messenger y un antiguo amigo-novio de cuando tenía trece años, con el que nunca me di creo ni un besino ni na, me manda un zumbido y me escribe y me pregunta qué tal y yo contesto que muy bien que acabo de terminar de ver una peli. Mi cabeza estalla contra la mesa del ordenador. *Cuando menos te lo esperes, cuando más tranquila estés.* No sé cómo ha pasado. No lo he visto venir. Detrás. Detrás. Sus ojos. En alerta. Una mano. Un golpe seco. No es un guantazo. No es un puñetazo. Tampoco es un empujón ni una palabra. Simplemente mi cabeza se estrella contra la mesa y el teclado.

Y no lo he visto venir.

Señora de los Pesticidas, lléname a toda mí de la suciedad que confiere la violencia externa. Legitima mi Ira y permite que se desencadene el Caos. Por la gloria del fin que será un nuevo comienzo, en el que los hombres caminen sobre el desierto en busca de Sal. Protégeme de la tristeza, que imposibilita la acción. Protégeme del desaliento y la zozobra, para agarrar tu mano, que es la de todas, y subir a una palmera a recoger dátiles.

Semiótica

Varias cosas:

1. Mindar es un sacerdote-robot japonés que predica contra la vanidad, la ira y el ego.
2. El Omega-3 es tremendamente importante para la salud digestiva.
3. *Somos las ratata tata tata tatas.*
4. Dios y Ciencia. Sin «o».
5. «Lo opuesto a una verdad profunda puede ser otra verdad profunda». —Niels Bohr.
6. «Tus ojos bandidos robaron con cuentos la sangre y la vida de mi corazón». —Azúcar Moreno.

ANTÍGONA: Hades quiere igualdad de leyes para todos.

CREONTE: Pero al hombre virtuoso no se le debe igual trato que al malvado.

ANTÍGONA: ¿Quién sabe si esas máximas son santas allá abajo?

CREONTE: No, nunca un enemigo mío será mi amigo después de muerto.

ANTÍGONA: No he nacido para compartir el odio, sino el amor.

CREONTE: Ya que tienes que amar, baja, pues, bajo tierra a amar a los que ya están allí. En cuanto a mí, mientras viva, jamás una mujer me mandará.

Un brazo agarra mi muñeca y giro sobre mí misma. El escenario es completamente blanco. Hay una bañera en el centro. Blanca. Casi duelen los ojos. La luz es fría. Un micrófono en la parte derecha. Estoy dentro de la bañera. El resto del elenco está de pie, quietas, mirando al público. Suena *Slow* de aYia. Blanco. Todo es blanco. La luz en mi cabeza. Cierro los ojos. Todo el grupo cierra los ojos para intentar encontrar el vacío del que hablaba Maimónides. El vacío no vacío que precede a la muerte. El saberse condenada. El saberse desobediente y justa.

Buscar el amor que hay al fondo del ser. Encontrar la justicia. La reparación. Suenan los vientos. Suenan los primeros vientos. Es mi momento. Mi solo. Antígona al borde del precipicio. Una generación no libera a la siguiente.

Antes de entrar en el escenario tengo un ataque de ansiedad. No se lo cuento a nadie, no aviso ni pido ayuda. No quiero que sus ojos estén observándome durante la función. No quiero la condescendencia. Yo puedo. Yo puedo. Yo puedo. *No he nacido para compartir el odio, sino el amor*. Suenan los vientos. Repican los tambores. *Ya que tienes que amar, baja, baja*. Antes de entrar al escenario recibo un *email* de Pau en el que me pide por favor que le haga una transferencia con los tres mil euros que le debo de la compra de los muebles y de los alquileres de los últimos meses. Dice que lleva un tiempo fuera de casa y que está yendo de una habitación a otra *de sus amigos*, *però que comença a estar cansat* y que, *si us plau, després de la funció torni aviat a Madrid, que necessita tancar això*. *Però que li faci la transferència avui sense falta*. Podría reventarle el cráneo ahora mismo. Si lo tuviera enfrente, todo mi odio legítimo sería vertido sobre su boca. Dinero, una cuestión de dinero. El ciclo se cierra con el dinero. Quizá necesite comprar otro ukelele. Dinero dinero dinero dinero dinero dinero dinero dinero dinero dinero. Una náusea.

Ahora llega el silencio. Es el momento de la desobediencia extrema. Las leyes del dirigente sobre el cuerpo de la mujer. Sobre ella, Antígona. Solo la respiración acompaña al movimiento. Un cuerpo suspendido. Un paso. Otro. Mientras el resto de mis compañeras siguen en pie. Completamente quietas mientras acompañan a la que está a punto de morir con nada más que la respiración. Antígona, suspendida en el instante antes de la espada. La coreografía de Tarik me revuelve. Me hiere el hígado. Aun así, sigo, sudando, con el pecho a punto de estallar. A pecho abierto y sin protección. Este solo dura cuatro minutos veinte segundos. Al borde del acantilado. Al borde del límite. Me quedan cuatro días en esta ciudad. Después vuelvo a casa. La coreografía mezcla elementos de la técnica más clásica con estallidos de liberación. Lo que es arriba es abajo. Corro entre los cuerpos. Las Furias. El brazo se estira buscando arriba. Implorando un agarre. Agua. No existe. Sola. Las piernas se abren. Los brazos se expanden. El pecho abierto, sin protección. Dentro un tempo, un ritmo, dentro un tempo que me permite contar hasta ocho para seguir la coreografía. Un, dos, tres, cuatro, cinco, seis, siete, ocho. Cuento para no irme del todo de aquí. El pecho bombea sangre. Metal. La respiración se agita. Los ojos en blanco. La espada a punto de clavarse. Elijo mi propia muerte. No permito que el Orden me condene. No permito que el Estado me condene. He abierto la grieta. Me dejé caer. Desnuda en una bañera blanca. Ahora en una bañera blanca. En una ducha azul. *En aquesta ciutat estic sola.* Esta ciudad me calma. No estoy cuando me buscan.

Respiro y termino la coreografía. El resto de mis compañeras cogen cubos de agua que me lanzan al mismo tiempo. Empapada. Muerta. La espada que yo misma me clavé. Alivio. Calma. Me acerco al micrófono que hay a la derecha del escenario. Los ojos empapados. La ropa pegada. Está todo controlado para que no me electrocute. Estoy a la distancia suficiente para estar protegida. A la distancia suficiente para estar protegida. Y ahí, con todo el teatro en silencio, digo:

—*¿Qué desgracia te ha quitado el juicio?** ¿Qué imposición te ha llevado al quiebre? Sí, la ley de los tiranos, la ley del Estado, te obliga a la acción enferma. *Las ruedas del sol no darán muchas vueltas antes de que se cobre otra vida**. Una un poco más preciada para ti, más cercana. Se aproxima la hora de las lamentaciones. Aquellas que verterán su veneno contra ti, Creonte. Y llenarán tu palacio. Los escupitajos de mi cólera se volverán contra ti y lamentarás la muerte de tu hijo. Y por la noche, cuando estés hoy a punto de dormir, apareceré. Y respiraré en tu boca. Aspiraré tu último aliento. Y verterás la pus. Yo me voy, pero la semilla está plantada. Las ciudadanas, mis compañeras, te verán arder. El fuego consumirá tu palacio, tus telas, tus muebles de madera, la lavanda preservada. El fuego consumirá las sábanas de algodón egipcio. Arderán tus libros, tus lujosas sillas, tus ropas regaladas por aquellos que se arrodillan a tus pies. Los dioses no acogerán las plegarias ni apagarán las llamas que se elevan debajo de tu cama. No escucharán tus gritos. Ni mecerán tus miedos y solo una alfombra púrpura adornará tus paredes. Estamos cansadas de tanta sangre. Así fue tu decisión, tu silencio, así será tu castigo. Si ese fue mi amor, si esa fue mi ira, en ceniza lo convertiste. Aprieta los puños y los dientes. Te devuelvo lo que me pediste, aquí lo tienes. El amor está demasiado cerca del odio, divino regente de Tebas, no lo olvides. Aquel que ayer me profesabas, hoy no es más que un bloque de mármol frío. Un palacio con mil puertas cerradas. Yo te salvé con toda mi violencia y mi ternura. Pero no me viste. No viste que mi acción tenía que ver con la justicia. Con dejar descansar al cuerpo. Un cuerpo inerte de un hermano muerto. De mi hermano. Una guerra absurda. Una guerra absurda. Vosotros, los hombres, con vuestra ambición de dominio, de poder, cabalgáis en una espiral infecta. Vosotros os vanagloriáis de acabar con vidas humanas para rellenar vuestro espacio de vacío. Y como aún no habéis entendido nada, nada espero de vosotros. ¿Qué valor supone matar? ¿Cuál es la hombría en arrancar el aliento de un cuerpo? ¿Qué trono deseáis tan brillante que merezca la palidez de los niños? ¿Los cuerpos inertes? La sangre en los dientes, la pus, las llagas, las tripas, el barro, el agua, los ojos fuera, la lengua rota. Creonte. No te dejará dormir la masacre. Vosotros, los hombres, habéis creado el mal. Ahora, que os salpique.

Oscuro.

---

* Esto está sacao de la obra *Antígona*. Uno de los mejores textos del Sófocles.

Coge la moto

La Nai tenía una moto. Bastante guapa, la verdad. Yo estuve durante varios años pidiendo una. La estrategia de si apruebas no funciona. No. Así que sin carnet y sin casco, mucho menos si vas de paquete. Pero yo cogía la moto de la Nai pa volver a casa porque supuestamente me había quedao algo que necesitaba. MeNTiRa. La cogía porque era la hostia dar vueltas camino a casa sintiendo que no existía el peligro. Si acaso un quitamultas Calimero para que no te cayese ninguna receta. Pero de protección hemos hablao bastante. Ni puta gracia a mi madre, obviamente. Xo x AkÍ Me EnTra X aKí Me SaLe. Que sí que sí que sí que sí. Que no me eches la peta por favor que hoy no estoy mu católica y na más he venío a por una chaquetina que igual nos vamos luego al campo o igual nos vamos luego al paseo o igual nos vamos luego a alguna fiesta de algún pueblo o igual nos vamos luego a dejarnos el interés y la presión de la boca del estómago en algún soportal de paí.
La moto es una Zip blanca y negra. La Nai había sido rollo del Santi hace unos años y compartir es vivir. Compartir moto compartir niñato. aKí No Se CoMpiTe.

Total, que probablemente hace ese calor de agosto en Badahó a las cinco de la tarde. Del suelo sale esa especie de ondas de calor, luz, lo que sea. La vibración del calor genera un efecto óptico, el movimiento del aire. No termino de entenderlo. Entre 40 y 42 grados podemos freír un huevo en el asfalto. No siempre es posible que la Nai te deje la moto. Así que hay que aprovechar y estar al quite el día que es fácil que te soltase las llaves sin mucho esfuerzo. Había dos cosas de ella que me gustan muchísimo. Su pelo y su moto.

Moto moto moto moto.

Ese rizo perfecto y largo. Un piti en la mano, siempre, qué manía. ¿Por qué las mujeres fuman más que los hombres? Un autocastigo perfecto. La Nai es otra de las que se hace cargo de todo. Una más. Sus primas, una morena y la otra rubia y muy bajinas, llevan un piercing en la boca. La rubia tiene un aro en el centro del labio y la morena tiene el pendiente arriba del labio a la derecha. Me fLiPa. Yo me perforé la boca con un imperdible enorme untado en alcohol. A pinchar. La piel abriéndose. La carne perforada. El imperdible quemado. No me duró ni tres días porque me lo quitaba cada vez que entraba por la puerta de casa. Pero ellas, la morena y la rubia primas de la Nai, que una vez vinieron a la salida de mi colegio a pegarme, probablemente por los muertos, sí que llevan los pendientes del labio.

Dios santo, qué calufa. Badahó, cariño, yo te quiero muchísimo, ya lo sabes, pero una mijina de aire fresco no me vendría mal. Este calor me abrasa la piel y en la moto es aún peor. En esta ciudad no se puede salir a la calle hasta las diez de la noche, como mínimo. Arde, arde. Me gustan muchísimo las rotondas. Siempre un pie fuera de la moto y la rodilla a punto de hacerse añicos contra la carretera. TuMbáNdoLa. Esta sensación de casi al límite, casi destrozada, casi a pe - da - zos. CaSi ViVa CaSi MuErTa. Piti en la mano que se va consumiendo por el viento hasta los nudillos. Al suelo. De día hay que hacer caso a los semáforos y por eso normalmente prefiero coger la moto por la noche cuando estamos en El Vivero y con alguna excusa absurda le trinco la moto a alguna de las niñas pa ir a casa aunque en realidad lo que quiero es simplemente sentir el aire a una velocidad diferente. Que me pase de largo. K me TraSpaSe. A la velocidad del viento. Yo sola aquí, con todo este silencio. Si las calles están mu vacías te haces la longui con el semáforo. Pero con cuidao que no estén por ahí los munipas que como me paren la hemos liao. El pacto es que, si esto pasa, yo tengo que decir que le he cogío la moto a mi amiga sin su permiso, pa que no le caiga el marrón a ella. Lo que es justo es justo. Al llegar a casa: abrir nevera, cerrar nevera, ir al baño. Silencio. Salir de casa.

Aquella noche volvía con la moto de la Nai sobre las dos y media de la mañana. Había ido a casa a por *money money money money* y al volver mis amigas ya no estaban en el botellón, así que directamente a la Bambú.

La Bambú está en la carretera de Sevilla al ladito de la gasolinera en la que los muchachos abrillantan sus egos y su estupidez. Dios santo, qué calor. Sigue marcando 36 grados a las dos y media. ¿Estamos loKaS? En el aparcamiento, que es donde suele estar la jarana antes de entrar a la discoteca, están el grupo de los de San Fernando terminando su JB Redbull y su bellota. Normalmente todos alrededor de un coche con sus buenos altavoces y sus graves. También están las de San Roque haciendo cola pa entrar. Cinco Euros + Copa. Todo es azul y rosa o azul y amarillo o azul y verde o todo junto. Mitad al aire libre mitad a escondidas. Hay también una especie de sofás, haimas y cosas de esas donde nos sentamos y creemos que estamos en Gandía, Ibiza o Magaluf. Pegajoso. El suelo está pegajoso de la cantidad que ha debido de desparramarse de alcohol y Coca-Cola... Ese sonido. Pegajoso. Es el azúcar que se pega a las suelas de las zapatillas. Pegajoso. Pegajoso. El azúcar se pega a las paredes de tu intestino. Pegajoso. El azúcar dentro y tú saltando como una imbécil mientras suena *Te he querido, te he llorado* de Ivy Queen. No encuentro a mis amigas así que pido cuatro chupitos de tequila para cuando lleguen.

Pero no llegan.

Uno.

Dos.

Tres.

Y cuatro. Con limón y sal.

Joder, Sole, llevo un rato buscándoos. Si cogéis y os vais, ¿me podéis avisar? Que me he quedao sola. Aparecen las niñas detrás. Ay, mira que bien, ya estamos todas. Listas y calistas. *Sufrirás como yo así tú lo verás y en tu vida nadie te querrá*. Estoy buscando a la Nai porque tengo que darle las llaves de su moto. *Si en mis manos tuviera un puñal lo usaría*. Cata me dice que anda paí que se ha encontrado a mi ex. *Y la vida yo te quitaría*. A mi ex. Ah, ok. Me da tres leches. *Y la vida yo te quitaría*. Y al fondo hace como que no me ve, como que no se da cuenta de que acabo de llegar. Como que no ha visto mis cuatro limones. Yo hago como que no lo veo. Como que no me doy cuenta de que lleva una camiseta negra de licra mu ajustá. Me mareo. Me duele la cabeza. No sé por qué me he tenido que beber estos cuatro chupitos de tequila. ¿Es eso? Necesito agua. Voy al baño. Vomito. Al salir me encuentro al Cristo que ha venido con el susodicho. Me clava la mirada pidiéndome perdón. Me da la mano. Me cuenta con los ojos que su amigo es un puto mierda. Le doy las gracias por llevarme a casa el otro día. Me abraza. Se va. No puedo abrir el pecho bien. No puedo respirar del todo bien. El diafragma se me engancha. Uno, dos, tres, inspira. Cuatro, cinco, seis, expira.

No me pienso ir a casa. No me pienso ir a casa. No me pienso ir a casa.

Hoy me van a dar aquí las ocho de la mañana. Voy a bailar en la plataforma de metal que hay en el centro de la discoteca. Voy a sudar porque no pienso parar. No pienso bajarme de aquí.

Y que mire.

Haz que caiga del cielo sobre la tierra seca la lluvia tan deseada. Ácida. Que golpee en los ojos de los que decidieron apartar la mirada del camino del amor. Para que Tiresias reine entre las que de rodillas suplicamos clemencia y con su palabra abrase el corazón de los que mienten. Inunda esta ciudad y ahógalos a todos.

Semiótica

Varias cosas:

1. Abril de sequía, qué risa.
2. Para todo mal, mezcal.
3. Aceitunas machás, siempre sí.
4. Sekhmet, la leona, es una diosa de la mitología egipcia, símbolo de la fuerza y el poder. La diosa de la guerra pero también de la curación. Diosa del cálido sol del desierto.
5. Después de las alcachofas, el agua sabe rara.

Me quedaban dos días en la ciudad antes de volver a Madrid. Nuevamente el impulso atraviesa la aguja de arriba a abajo. La tregua suele ser perfecta. Por eso reposo en este espacio que siento inmenso. *Sense ser vena ni metall.* Por eso hoy quiero ir a ver el mar. Porque, aunque esta ciudad está llena de asfalto, mirar el horizonte es posible si te alejas lo suficiente de passeig de Gràcia y, aunque el agua no sea limpia ni cristalina, sentarse y contemplar, solo contemplar, puede permitir que las células se renueven. Oler a sal. *M'agrada la llum d'aquesta ciutat. Em calma. Tinc la sensació d'estar una mica aquí a dins, una mica allà a dalt. Em calma. M'agrada caminar pel carrer i fixar-me en els restaurants on vull anar a sopar.*

Hay mucha gente en Barcelona, cada vez más. Aún así esta ciudad me calma. Aun así esta ciudad no me exige hasta la asfixia. Aquí puedo respirar pausadamente. Me gusta.

Algo me aprieta el diafragma por la sensación de no verme retenida en ese momento en el que fui libre de pensarme. En el que no fui consciente de mi propia existencia. Me agota la conexión hecha y compulsiva de verme. Porque ahora ya no sé qué cuerpo habito. Ni entiendo a estos reflejos que ya no me cuentan. Demasiado pensamiento, demasiada reflexión. No me sigo y voy detrás de mí, tan despacio y tan gritando, que es imposible regular este estancamiento. La sinapsis neuronal que me lleva al límite de esa curva sin soltarme la nuca. Que te pires. Que me dejes de nuevo conmigo. Yo misma detrás de mí. Sin dejarme espaciar el tiempo de ingesta. Sin dejarme de mirar. Sin permitirme un momento de calma. Un puto altar merezco. Nada menos que eso. Por tanta penitencia y sacrificio. Por poder levantarme y exponerme a todo el mundo que soy yo. A todos esos, mis ojos, miradas, juicios. A toda esta piel y mandíbula de apretar, apretar, apretar. Un puto altar.

El agua es el único espacio de plenitud posible. Por eso el agua es Dios. Por eso quiero ir a ver a Dios. Desaparecer líquida y corriente. Desde que ya no estoy de donde me he ido.

És *d'hora al matí*. Las siete y media. Antes de encerrarme a recoger mis cosas quiero acercarme a la Barceloneta. No es que sea el mejor sitio para despejarse, porque aquello está lleno de guiris con botellas de plástico, señores haciendo dominadas en hierros y cuerpos que salen a ver el mar por última vez desde el Hospital del Mar acompañados por enfermeras con la resistencia y la virtud de la que sabe acompañar en el final. Me da miedo ese momento, ese último instante, porque aún no sé si la mente trasciende la muerte del cuerpo. La Barceloneta no es el mejor lugar para despejarse, no, pero me apetece sentarme en la arena y mirar un poco más allá de mí misma. Observar a los que caminan. Para los que la única opción de desahogo es esta. La Barceloneta. *Agafo el transport públic*. La S1 hasta plaça Catalunya. Necesito caminar. Un poco.

Caminar por la calle con música es despejar y espejar. Paso a paso. Paso a paso con este tempo que consigue que pueda dar uno más sin caerme y decir aquí me quedo. Que no. Que no pienso moverme. Que no pienso volver ahí. Que no pienso levantarme de este alquitrán para volver a volver a volver a volver. Quiero pararme aquí, en este semáforo en rojo, y tirarme boca abajo al asfalto y gritar. Hasta aquí. Ya basta. *Prou*. Estamos agotadas y no pienso moverme ni un solo segundo más para cumplir las expectativas de un sistema que verdaderamente está caduco y obsoleto y nos está reventando por dentro y, si no queréis que lo queme todo con estas llamas que están a punto de salir de mis dedos con las que puedo incendiar toda esta ciudad, parad y tiraos al suelo conmigo.

Los coches se paran y pitan y se preguntan. ¿Pero qué hace esta loca? ¿Quieres hacer el favor de levantarte, coño, que llego tarde al trabajo por tu culpa? Y una niña que no tiene ni catorce años se acerca. Lleva un pantalón vaquero, una camiseta muy ancha de 2Pack y una gorra rosa. Me pregunta. ¿Estás bien? ¿Puedo acompañarte? Y yo le digo que sí, que simplemente estoy cansada y he parado un poco justo donde mi cuerpo me lo pedía, y me lo ha pedido justo aquí, en medio de este paso de peatones. Que ya lo siento si estoy entorpeciendo el camino de otra gente, pero de verdad no puedo moverme ni un milímetro más y seguir con esta farsa. Ella se tumba conmigo y nos quedamos ahí. En Silencio. Somos dos. Boca abajo. Descansando.

O quizá no. Quizá lo que hago en el momento límite en el que estoy a punto de tirarme al suelo es mover el cuerpo o cantar sin juicio ni protocolo. Sin institución ni regla. La capacidad de liberar sin atención, porque a mí qué más me da que sea ducha o calle. Mi intimidad sigue intacta y esto es para mí. Y los coches se paran y pitan y se preguntan. ¿Pero qué hace esta loca? ¿Quieres hacer el favor de dejar de bailar y cantar en medio de la carretera, que llego tarde al trabajo por tu culpa?

El espacio que ocupamos fuera del hogar, quien tiene el privilegio de tener hogar. Privilegio, qué palabra más sarnosa. El espacio que ocupamos ni se vive ni se reina. No se explora la posibilidad de que, aquí, yo pueda romper a bailar. ¿En qué momento hemos decidido cobrar a la gente que canta en la calle? ¿En qué momento hemos dejado de sacar las sillas y mesas a nuestros portales con bien de *tuppers* y de abuelas? ¿En qué momento se muere una abuela? ¿En qué momento hemos encerrado lo cotidiano entre paredes? ¿Por qué en esta ciudad no huele a incienso ni a claveles? Pienso en la Semana Santa. En los pasos, en las cornetas y en las costaleras de la iglesia de San Agustín. En la saeta de una gitana que le canta a la Soledad. La Virgen. Pienso en que ya son varios años que no veo procesiones. No veo salir al Cristo de la iglesia de la Concepción ni la recogida de la Virgen de San Andrés. Lo cultural y simbólico. El incienso y los claveles. El manto. Reapropiarse del símbolo. Ahí está lo importante. Aquí tampoco puedo asaltar las calles por derecho y por gracia. Asaltar las calles. Ahí está lo importante. Pero romper a bailar ahora, aquí, no. No es civilizado moverse así. Hay que esconderse un poco. Es obsceno.

Pero ahora, mientras camino con mis cascos y con mi lista favorita de Spotify, fLaMeNkO, escucho las palmas y retomo lo que fue esencia, y me convierto en la irreverencia de lo que fui. Los Yakis. Y se me escapa. Se me escapan las palmas. Me miran y sonríen. Y sonríen porque quieren ser. Porque aquí sí hay un instante en las afueras del control mercantil y estatal. En esta intimidad compartida. Un mismo deseo. Salir quizá un rato para comprobar el absurdo creado y darte cuenta por un momento que todo esto dejó de tener sentido pos Revolución Industrial. O quizá un poco antes. Aire tóxico. Tanto tiempo para tan poca vida. Sin saber muy bien qué significa vida. Porque poco sé, aunque mucho crea saber de todo.

Dale un espacio a la fe. Dale un espacio a la contemplación. *Observa l'aigua. Escolta Lluís Llach. Menja calçots. Camina per la carretera de les Aigües. Fes l'amor i balla al cap de Creus. Manifesta't per aconseguir la regularització dels lloguers. Explota de ràbia. Llegeix algun llibre d'alguna autora jove. Demana perdó. Agafa una furgoneta i descansa. Pronuncia el nom d'algun amic. Escolta flamenc. Sense parar. Reclama el teu dret a la fúria.*

No hay agua.
El mar en calma.
Respiro.
La sal.
Estoy aquí.
Húmeda.
Respiro otra vez.
Contemplar.
Silencio.
Luz.
Nicotina. Mi casa.
Azul. Blanco. Rojo.
Violeta.
Ella.
Agua. Fandango.
Agua.

Sal. Sequía.
Arriba.
Violencia.
Calma.
Hierro.
Viva. Estoy. Aquí.
Sol.
Incienso.

Le debemos unas disculpas

Mírala, mandando fotos desnuda a su novio desde la *webcam*, menuda guarra, decían de una muchacha de otro barrio. Pero aquello corrió rápido y con toda la inquina. Ella, la Susi, va a un colegio megapijo de esos a los que solo van niñas. Menuda vergüenza. Porque pa chulo él. Que, como manda su religión y su sistema, puede reenviar las fotos a todo pichirri sin ningún juicio ni bloqueo. Porque él, claro está, tiene to el derecho. Él va a un colegio solo de niños. La ponen bien a caldo. La ponen verde. Menuda guarra. ¿Has visto las fotos de la Susi? No quiero verlas. Píxeles rosas y carne. Un cuerpo. Un objeto. Menuda guarra. Trece años.

Era su ex, o lo que sea, y se paseaba con su moto negra con una pantera dorada por el parque de la Rueda donde estábamos como siempre las niñas y yo cantando cualquier canción mientras comíamos pipas. Es que qué fuerte la Susi, a quién se le ocurre. Muy poca picardía. A quién se le ocurre hacer eso. Sabiendo que ella no es nada más que un cuerpo. Además, es que a quién se le ocurre fiarse de él, que todas sabemos cómo es, que le hemos visto en la Vinilo y en la Declub jugando con sus amigos a ver quién se enrolla con más esa noche. Siempre gana. Porque ellas son tontas, la verdad. Menuda guarra. Cómo tiene el valor de tocarse ahí en público... En público dicen. Qué lache. Como asumiendo la posibilidad de que lo íntimo esté a disposición de todos. De todos ellos, claro. De rebote nosotras, las ellas, absolutamente idiotas y alienadas por una misma sentencia, asumimos el discurso y las miradas a la guarra como uno más. Yo eso no. Yo no soy así. Nosotras, las ellas, somos diferentes a eso. Quizá buscando ser más ellos y así estar más protegidas, menos visibles. Porque ser visible implica peligro. Porque quién se atrevería a algo así. De rebote, también, una advertencia.

Pantalón bajo y rebeca atada a la cadera, botas blancas de punta, o la Xdie con la lengüeta bien fuera gracias a los bultos que me meto dentro del calcetín. La coleta muy estirada, los tirantes del sujetador transparentes o fosforitos por fuera y el rabillo muy largo. Así normalmente desfilo yo, sin orden ni formación, por supuesto, por el paseo fluvial, que manda cojones pensar que aquí se bañaban mis padres cuando aún la posibilidad era clara y limpia. Cuando aún no corrías el riesgo de sacar cualquier mierda de este sitio. De pequeña veía fotos de grandes familias pasando el domingo en el Guadiana. Ahora este río está cubierto de todo un poco. Coches robados, motos robadas, jeringuillas y preservativos. En el futuro también tendrá camalote. Ahora, en el futuro, precioso y arreglado. Precioso para dar un paseo en bici. Precioso para ver el atardecer o para no dar de comer a los patos. Precioso y lleno también de bares y discotecas. No miente aquel que dice que somos *Sapiens* que laboran, también razón la que afirma que ya solo somos bípedos que consumen. Que Se CoNsUmeN.

Del lat. *consumĕre.*

1. tr. Destruir, extinguir. U. t. c. prnl.

Se quedó consumía, la Susi. Ella es bien guapa. Una morenaza con tipazo y ni un gramo de celulitis. Eso me da envidia. Pero el otro día la vi por la calle y se ha quedao mu chica. Parece el espíritu de la golosina. Un palo. Nunca me he llevao mal con ella. Tampoco es mi amiga ni nos tenemos mucha confianza, pero de alguna manera siento cierta compasión. Como si la entendiese. La Susi es un poco la típica pijina a la que le gusta la hípica y ama a los animales. Quiere ser veterinaria y a veces viene donde estamos las de mi grupo con ganas de juntarse con nosotras. Sus amigas no sé si son de verdad sus amigas. Quizá sí, pero yo las veo un poco como de postín. Como la típica foto Tuenti en la que se han puesto de acuerdo pa ponerse todas unos mismos colores. Una postal falsa. Pero ella es to wena gente. Sí, sí que lo es.

Estamos en el parque y pasa con su hermana chica. Me acerco. No le digo na de lo de las fotos. Cuando me las enseñaron me negué a verlas. No me parece. No me parece que haya que hacer pasar a nadie por algo así. Pero acho, es que también, tan chica y ya metiéndose en esos embolaos. Su pobre madre. Me acerco y le pregunto que qué tal está. Ella ve cómo el resto del grupo la observa. Me dice que está bien y que quizá el fin de semana se va al pueblo con su novio. ¿Su novio? ¿Pero no lo habían dejao por lo de las fotos? Pienso, pero no le digo. ¿Todavía sigue con él después de lo que ha hecho? ¿De lo que le ha hecho? Trece años. No le digo nada, me limito a asentir y a no dar crédito por dentro. Me dice que no fue él, que fueron sus amigos quienes le pillaron las fotos en el ordenador y las enviaron por ahí. Me callo. A mí el que me las quiso enseñar fue él. El que me llevó a su casa y me dijo mira lo que tengo en el ordenador fue él. Al que escuché reírse con el resto de sus amigos un día que estábamos en el parque fue a él. Me callo.

Pero la entiendo. Cómo no la voy a entender si la ciudad entera la ha expulsado de lo social. Cómo no la voy a entender si está absolutamente sola. Si sus amigas, las tan monis con sus vestiditos blancos, la miran con vergüenza. Si cada vez que pasa por una calle o entra en cualquier lugar los ojos se le clavan en la nuca y escucha ese susurro que culpa y sentencia. Si nosotras, las ellas, hemos optado por el abandono por miedo a ser las siguientes. A que se nos coloque el sambenito encima y que se nos marque como a un puerco. Estar marcadas. Yo no quiero estar marcada. Porque algo así te marca. Hostia si te marca. Porque estamos en los 2000 y algo así te machaca. Tienes trece años y ya eres eso, esa palabra, esa maldita palabra.

PUTA

La Susi dejó de comer y volvió con el novio. Porque destruirnos y extinguirnos es algo que los seres humanos sabemos hacer muy bien. La destruimos. La dejamos sola. Me reventaba, me ardía el cuerpo por dentro. Yo sabía. Por eso a veces la llamaba y quedaba con ella. Por eso la defendía en grupos. Porque me reventaba que fuese ella la culpable. Que fuese a ella a la que machacaban. Y él tan tranquilo. Saliendo victorioso del asunto. El más chulo. Él, moreno con camisetas de licra. Él, que tiene una moto negra y dorada y siempre va con un piti en la mano. Él, que tiene un pitbull y una casa de tres plantas. Él, al que conocí por el Terra un día en el cíber mientras yo jugaba al *Counter-Strike* y desde entonces no para de escribirme. Con el que llevo viéndome desde hace dos meses. Yo sabía. Joder, yo sabía. Él, que me saca dos años y que le vende gafas a un ciego.

Joder, es que yo sabía. Me besó ayer. Santiago López Gutiérrez. *Moreno de verde luna,* me besó ayer.

Y me callé.

Perdón, Susi. Perdón.

Oh, Señor del Perdón, transfórmame en pura misericordia, para pasar a través del corazón la calma al prójimo. Ayúdame, Señora de la Ira, a que jamás ensucie el alma de quien me acompaña. Ayúdame, Señora de la Guerra, a tener en cuenta el dolor ajeno y no ser indiferente a sus miserias, ni asustarme por ellas. Ayúdame, Señor del Perdón, a que con mi palabra no aplaste la luz propia, la mía, la vuestra. Ayúdame, Señora de la Cura, a que, cuando reniegue del mundo y de sus tragedias, entienda que hay una posibilidad, por pequeña que sea, de colectivizarnos para compartir mesa y comida. Porque sé, Señora, que el único camino posible es el amor. Lo único verdaderamente revolucionario, lo que aún no se ha probado. Ayúdame, Señora de la Furia, a quemar todo lo que ya no sirve para sublimarlo en agua clara y caminar descalza sobre tierra mojada.

Semiótica

Varias cosas:

1. La quinoa es una semilla.
2. El 95 % de la serotonina se produce en el intestino.
3. Tristes tigres comían trigo en un trigal.
4. Una hora antes de dormir deja el puto móvil.
5. Innana, también conocida como Ishtar, es la diosa sumeria de la guerra, la justicia y el poder político, así como del amor y del sexo. Diosa de la guerra y del amor. Venus y Marte al mismo tiempo. También se la consideraba la diosa de las estrellas de la mañana y de la tarde, de la lluvia y del rayo.

El primer día que vi a Juana supe, cuando la vi fumándose un cigarro apoyada en su furgoneta blanca, que me se me iba a enganchar al plexo su olor a iglesia.

Hacer las maletas para irse. Encontrar los espacios donde dejarse. Abandonar esta casa.

Juana es un tempo suave pero tiene dentro un huracán. Por fuera parece que está en calma y que tiene control sobre el movimiento. Pero yo sé que no es verdad. Me pone nerviosa la cantidad de agua que bebe. Potomanía de recurso antiguo. Una rutina mal aprendida.

Despedirse es una acción imposible.

Fumaba demasiado y yo le pedía fuego para acercarme un poco más de la cuenta. El porcentaje de bailarinas fumadoras que existen es directamente proporcional a su deseo de aniquilación. No tenía la mejor técnica clásica del elenco, pero tenía deseo de venganza y eso es más poderoso que el mejor *grand jeté* europeo. Nos mirábamos demasiado. Muy cerca. Sin atravesar la línea. Sabiendo que llegaría el momento. Ambas compartíamos el mismo deseo de libertad. El mismo deseo de pájaro. Ambas habíamos sentido lo caduco de las relaciones aprendidas e imaginábamos ocupar un espacio nuevo en la historia. En nuestra propia historia. Nos gustaba compartir canciones de Spotify y sacarnos las tetas sin mucha justificación.

Salir de esta casa es un alivio.

El último día de función vinieron mis gentes de Madrid. En realidad, salvo mi amiga Alis, nadie es de Madrid, pero cuando nos preguntan de dónde somos decimos que somos de todos lados pero que vivimos en Madrid. Fuimos a cenar a *carrer* Parlament, por Sant Antoni. Hoy hay eclipse de luna en Leo, dice Juana. Ella. Es preciosa. Una mezcla entre lo más bajuno del barrio y una *top model*. uNa cHuLa. Su poquito de relación tóxica con la comida ha tenido. Aunque no lo diga. Lo veo. Sé verlo. Entre nosotras nos reconocemos. Solo tienes que sentarte a una mesa y observar. El juego del tenedor. La mirada perdida. Sentirse observada. ¿Estaré comiendo de más? Sé que lo piensa. Igual que yo lo pienso sin darme cuenta. Igual que yo soy incapaz de prestar atención a las conversaciones que se están teniendo porque aún queda comida en el plato. ¿Hemos pedido suficiente? Que no sobre nada. Que no sobre nada. También veo sus ayunos. Su deseo profundo de sanación. Su búsqueda interminable de descanso y su amor profundo por el reguetón.

Tengo que dejar las llaves dentro de la casa.

Durante la cena nos miramos y nos entra la risa. Ambas sabemos que hoy es mi última noche en Barcelona y ambas sabemos que vamos a dormir juntas.

Mi AVE sale en dos horas.

Mi amigo Álex me mira. Sabe perfectamente lo que me está pasando con ella, aunque no le haya contado nada. Me sabe. Le guiño un ojo. Escucho una voz que pasa. Puto maricón. Álex se bloquea. Corro hacia la voz. Pongo mi cara en su cara. Le miro muy cerca. Repite eso. Repite eso. Podría devorarte. Repite eso ahora mismo aquí en mi cara. Aquí cerca. Tan cerca que puedo ver tu miedo a la muerte. Repite eso. El imbécil calla. Su grupo de imbéciles hacen el amago de venirse arriba. Agarro del pecho al imbécil. Cuidao. Mucho cuidao. El imbécil no se puede creer lo que está pasando. El imbécil no se puede creer que le tenga agarrado de la camisa azul con rayitas que le compró su madre en un viaje a los Fiordos. Cuidao. Mucho cuidao. Me arde la cara. Sé que estoy al límite de la violencia extrema. De acabar con el equilibrio que sostiene el mundo. Le obligo a pedir perdón y le dejo irse. Le guiño un ojo a Álex. Él se ríe acostumbrado a la repetición de la palabra. Acostumbrado a la repetición de la defensa. Todo se disuelve y volvemos al mismo punto de partida.

Me acabo de separar pero estoy más conectada que nunca. Con la fuerza de un dragón. Me gusta que Juana ya sea parte de esta tribu. Aquí conocemos nuestras miserias más grandes. Nuestras derrotas más salvajes. Aquí nos sostenemos cuando el alambre está a punto de romperse.

Escribo una nota antes de irme.

Es mi última noche en Barcelona.

Las palabras que dejo escritas encima de la mesa de madera ya son una mentira.

Nos vamos juntas.

Reviso no dejarme nada.

Vamos a su casa.

Afuera huele a jazmín.

La luz es cálida.

Et trobaré a faltar.

Nos besamos.

Quiero llevarme algo. Algo de aquí.

Calor. Ella arde.

Perdó si et vaig fer mal.

Mis manos en ella.

No quise que esta fuese nuestra casa.

Nos desnudamos.

No quise quedarme.

Juntas.

Nuestro primer beso no me gustó y aún así me quedé más de la cuenta.

Sabe a picea negra.

No m'has vist.

Despacio. Suave.

Et vaig veure tremolar. Tensé la cuerda.

Me abraza.

Vertí sobre ti mis brasas.

Su cuerpo. Su boca. Su lengua. Su saliva. Su nuca. Su piel. Mojada.

Aplasté cualquier posibilidad de encuentro. De saberme limpia.

Me ha visto.

Destruí muchas. Moltes vegades.

Dentro.

Redención.

Ella.

No te escuché.

Me besa muy despacio.

Sé qui soc.

Sus tatuajes.

Sé de tu herida.

Un ancla.

Dejo aquí esta mentira.

Dual.

Me pediste y te negué.

Al alba.

Te pedí y me negaste.

Calma.

No era aquí. No eras tú. Solo el símbolo.

Dios.

De mi propia reconciliación.

Me rindo.

Con mi parte más oscura.

Aquí es.

Con mi propio perdón.

Aquí es.

Tú no me significas nada.

Orgasmo.

Solo has sido un camino para volver a mí. Solo el camino para aceptar que no puedo formar parte de esta estructura. Me he esforzado demasiado. Aquí se mueven las placas tectónicas. No soy esto. No encajo en vuestro molde. Pero bien sabe Dios que lo he intentado.

Lloramos.

Gràcies.

Bebe agua.

T'estimo. Pero nada de ti se quedará en mi cuerpo.

Portadora de Victoria.

Me'n vaig.

Imagen verdadera.

Deixo les claus i tanco la porta. Me'n vaig. Lluny. Si aquest va ser el meu amor, en això el vas convertir, en cendra. Si no vols la meva foscor, tampoc tindràs la meva llum. Ni la meva IRA ni el meu AMOR. Vas perdre el privilegi. Nada de ti en este cuerpo. Nada. Solo el símbolo. M'emporto la llengua i aquests mitjons. Tu et quedes sense res, però amb tots els mobles. Buit. Con tu propia imagen vacía.

Imagen verdadera.

15 años tiene mi amor

Es Leo con luna en Piscis. Le gusta mucho mirarse al espejo de cada esquina o retrovisor. Aprovecha para decirse un par de veces que debería adelgazar un poco. Lo justo para no sentirse la más tetona del grupo. Como si eso fuese verdad. También le gusta ver *OT* los domingos con su familia. Ir al campo a coger espárragos o setas, según temporada, y la Niña Pastori. Suele ser buena en clase de historia, pero ridícula en análisis sintáctico. El inglés, bueno, lo normal para tener un profesor que además de inglés también da lengua, geografía y ética. A veces se mete debajo de la cama antes de las ocho menos diez para que cuando su madre se levante y se vaya a trabajar crea que ella ya ha salido para el instituto. Después, cuando escucha la puerta cerrarse, vuelve a subir y duerme hasta las once, que es la hora en la que ha quedado con sus amigas para ir a desayunar una catalana con jamón. Tiene un ordenador cabezón en la habitación con el que juega al *Tetris* y al *Buscaminas*. Suele conectarse a internet por la tarde, no más de una hora, y entra y sale del Messenger para que vean que está ahí. Pone estados En MaYúScULaS y mInúScULaS con frases tipo DóNDe EstÁN LaS GaTaS K No AnDan nI tIrAn pALaNTe, o alguna con más o menos disimulo dedicada a alguien concreto. Ya nO Me iMprtA nAdA + k Yo. Bsss. De pequeña iba a clases de piano, pero lo dejó porque la tuvieron durante dos semanas tocando *Todos los patitos se fueron a nadar*. Dejó de creer en Dios en un cine de Portugal, o eso cree ella. Tiene un padre que es la envidia entre sus amigas porque siempre tiene planes chulísimos y entretenidos que hacer. Sobre todo enseñarle las estrellas por la noche. Mira, esa es Casiopea, esa Orión, esa es la Osa Mayor… Su madre está en un coro del casco antiguo, y a ella le encanta ir a escucharla, sobre todo cuando lo hacen al aire libre o en la Alcazaba. Le gustan los pantalones de cintura baja con mucha campana y poner morros en las fotos. No le gusta lo del toreo. Lo descubrió en primaria cuando el abuelo de un compañero de clase los llevó a la plaza y le dio muchísima angustia ver al animal sangrando mientras los demás hacían eso de oleeeee oleeeee. Su comida favorita es el arroz a la cubana, las lentejas, que son la comida del primogénito, y los bocadillos de panceta. Aprendió mecanografía, aunque no tiene muy claro dónde poner los dedos, así que hay algunos que no usa cuando se sienta delante del ordenador. De pequeña fue al foniatra para que le ayudasen con los nódulos de las cuerdas vocales. Le gustaba mucho jugar a Marco-Polo en la piscina, pero una vez se rajó la palma de la mano con una pastilla de cloro y tuvo que ir a la enfermería a que se la sacasen con unas pinzas de depilar. Su helado favorito es el Frigopie o el Magnum almendrado. Aún no sabe qué quiere ser de mayor. Se cree mayor. Vio el primer *Gran Hermano* y su favorito era Iván Armesto. Fuma. Aún no ha probado el vino. Le gusta la tradición de ir a la misa del gallo en Nochebuena aunque no suele escuchar mucho al párroco porque, si lo escucha, explota. Su primer móvil fue un Alcatel amarillo y la primera vez que se depiló las axilas tenía doce años. También suele ir el Día de Muertos al cementerio a limpiar las lápidas de sus familiares. Es una tradición familiar. Un pequeño placer. La siesta sin duda es su momento favorito del día, sobre todo en verano. Le encanta el sudor de la nuca y del pecho cuando se levanta con la sensación de haber dormido durante días. Suele estar contenta, pero tiene mucha mala hostia. Eso también es verdad. Dice que hay un profesor que le tiene manía, que sus compañeras de clase son idiotas y que la palmera de chocolate que se comió ayer le sentó mal.

Está en casa de su padre y no puede ir al colegio. Está sangrando demasiado. Esas putas reglas la tienen destrozada. Se levanta para ir al baño a cambiarse el Tampax y, tal como entra, sale y cae al agua del inodoro. ¿Pero qué coño? Es imposible. Acaba de cumplir quince. Se cae y se agarra el bajo vientre. Jo-der. No se puede quedar sola teniendo este dolor mientras sus padres se van a trabajar, así que lo mejor es que la lleven a casa de su abuela en el polígono de la Paz. Ja. Su abuela vive sola desde que se murió el abuelo que siempre cantaba la de los pajaritos. Le encanta ver la novela de Antena 3 y suele hablar con los protagonistas que salen en la tele y decirles cosas del tipo ay, qué malaje eres, angelito, qué lástima, o cosas así. Hay en casa de la abuela un mueble en el que tiene un altar con todos sus muertos con velas rojas y algunas flores de plástico. Siempre que va allí, escucha a los jilgueros, periquitos y pajaritos que hay en los balcones de los vecinos y piensa que pobres pajaritos en sus jaulas. Pero de mayor este sonido le recordará a su abuela que ya no está y entonces pensará que la quiere mucho y que la siente con ella cuando escucha a un jilguero, periquito o algún villancico de esos que cantaban el día 25 de diciembre cuando iba toda la familia a comer a casa de la abuela y siempre tenía la caja esa de galletas para el café que luego usaría para tener hilos y dedales. La abuela tiene una libretina donde tiene apuntados los números de teléfono de toda la gente a la que quiere llamar de vez en cuando. Es morena, jaquetona, cocina todo con mucha sal y le gusta el caldo muy caliente. Algo calentito pa intentar relajar este dolor y también un poco el susto. Mu blanca, mu blanca y amarilla la cara, con lo aceitunera que ella es. La niña, digo. Es que yo no veo bien a la niña, nozé, yo creo que la niña está regulera, angelito, algo tiene. Tanto no pue ze. Le voy a asé un emblanco pa que se le quite sa carita que me trae. Angelito, qué carita tiene. Ponte ahí al brasero y ahora cuando salga tu madre de trabajá comemos juntas. Vendrá también tu padre. Ay, agüela, me voy a dormir, que estoy mu cansá. Y eso le decía ella a su abuela, pero sentía que desaparecía. Asumía este dolor anormal como una posible causa de feminidad. Pobre, no se da cuenta. Y comen el emblanco y vomita. Mira, vámonos al Perpetuo por urgencias porque no puedes seguí así. Y tanto que puede. Pero medio en brazos la suben en el coche blanco y comienza a temblar. La abuela está asomada a la ventana. Esa ventana de reja blanca desde donde siempre la mira irse. La ventana de la abuela.

Pasa la primera, nada más llegar. Muy mala cara. Entra su madre con ella. El padre espera. Maldita espera. Ella detesta profundamente la silla de tortura de la ginecóloga. Hay dos mujeres de bata blanca y de poco cuidado. Abre. Ay, lo que sangra. Silencio. Ella no habla. No puede. No tiene fuerzas. Ni ganas. Silencio.

De trece semanas.

Eso son…

Está teniendo una amenaza de aborto.

Amenaza

de

aborto.

No pueden hacer nada. Hay que esperar. Porque pueden pasar dos cosas, o que se estabilice y todo vaya bien, o que aborte naturalmente. Que todo vaya bien. Y la mujer de bata blanca le dice que un hijo es lo mejor que le puede pasar a una mujer. Que es alegría y salud. Que piense bien en la posibilidad de que el amor sea eso y sea lo maternal la esperanza de un mundo mejor. La maternidad en la adolescencia puede ser preciosa, dice la mujer de bata blanca. Pero ni ella ni la madre que la acompaña saben que hace tres días, justo antes de empezar a sangrar, la paternidad la reventó contra el suelo del cuarto de baño, le agarró de los pelos, le pegó patadas en el estómago y apagó la luz. Puñetazos en la cabeza. Y ella agradece la sangre y el aviso, pero no puede hablar. No sabe qué hacer. No sabe a dónde ir para quitarse esto que ya es pero que la está devorando. Le pide a su madre que por favor no se lo cuente a su padre. Que la matará.

Silencio.

Pues nada, que está embarazada.

Esperaba lo peor, esperaba gritos e insultos. Nada de eso. Al contrario. El padre encajó el golpe con toda la dignidad que el miedo permite. Con todas las preguntas de qué hemos hecho mal. Con la suavidad de la decepción y con el pecho lleno de amor. Y deciden que se irán a casa, que llamarán a una clínica y que en dos días tendrán una cita para salvarla. Gracias por esto. Mientras tanto, llamarán a su hermana que vive lejos y cogerá un avión para llegar a acompañarla. Volverán a casa de la madre y avisarán al muchacho porque ellos se tienen que ir a trabajar, pero no quieren dejarla sola. Ella bajará a una cabina a llamarle y a decirle por favor ven. Le escribirá un SMS ya un poco más llena de ira, pero sin mostrarlo, y le dirá que se encuentra fatal porque se está haciendo de noche porque es noviembre o diciembre, que se ha desmayado al levantarse del sofá, que venga por favor. Joder, hazte putocargo. Nada. No contesta.

Mamá, me he desmayao al levantarme del sofá.

Ella llega rápido y de nuevo al Perpetuo. Está perdiendo mucha sangre, así que lo mejor es dejarla ingresada esta noche. Mañana le darán el alta si todo va bien. Y le ponen un gotero que le duele mucho, y el enfermero de bata blanca le dice que es una quejica y que eso no duele nada. Hay un olor ácido y unas sábanas ásperas. Un sofá azul en el que su padre se sentará para leerle unos cuentos mientras ella intenta aguantar la vergüenza. Quizá *Mortadelo y Filemón*. Intenta levantarse a hacer pis y se cae. Está amarilla.

Y a las once de la noche, sin poder ser hora ya de visita, él aparece con un amigo y dos cascos de moto. Abre la puerta sin consciencia ni empatía. La mira y le pregunta cómo está. PUES CÓMO COÑO QUIERES QUE ESTÉ. Pero no lo dice. Se limita a mirarle en silencio y su padre sale en su ayuda. Le han dicho que está teniendo una amenaza de aborto y que como está perdiendo mucha sangre la dejarán aquí esta noche. Pero mañana tenemos la cita. Cambio. Lo ve. Ella lo ve y se sorprende de que su padre haya sabido manejar con tanta elegancia la situación.

Gracias, piensa, gracias.

Y se siente aún peor porque no hay castigo ni desprecio. Y se siente aún peor porque no le hayan dicho que es una mierda de persona y que no merece nada. Se siente aún peor porque la cuida. Y se abre en su estómago un pozo enorme. Asume ahí que algo está mal en ella y que cuando la quieran no será justo porque es la peor persona del mundo. Justamente ellos se van en el momento en el que ella está a punto de llorar y le arde la garganta. Roja. Se quedan en silencio en esa habitación azul y blanca.

Y piensa: Perdóname.

Y piensa: Tengo miedo.

Y piensa: Gracias.

Después de la última expropiación de su cuerpo cometida ahora por un señor de bata blanca que le deja bien claro lo que piensa de ella y le vuelve a repetir las maravillas de la maternidad, le dan el alta y adiós muy buenas. En una silla de ruedas sale porque no puede levantarse. No recuerda si comió algo ese día, ni cuántas horas pasaron entre que salió del hospital y llegó a la clínica. Entran por la puerta. Hay una luz naranja y verde, cierta sensación de fin. Sus padres firman los papeles que permiten que le quiten aquel peso que no quiere vivir, pero que se resiste a abandonarla. Ahora ya puede entrar en la primera sala donde la espera otro señor de bata blanca con licenciatura en psicología. Está aturdida y no sabe responder muy bien al test-juicio.

¿Estás segura?

¿Por qué quieres hacer esto?

¿Quieres ser madre en algún momento de tu vida?

¿Sabes que esto te puede dejar huellas psicológicas para el resto de tu vida?

¿El padre está de acuerdo?

Aprobada por mentirosa.

Y en la siguiente sala se encuentra con otra como ella, que de algo le suena, pero no se acuerda de qué. Unos enfermeros le acercan una bata verde. Bueno, bata, le acercan una especie de bolsa de papel. Desnúdate de cintura para abajo y, cuando estés, entras por esa puerta. Vale. Vale. Vale.

Sí, estoy lista, piensa.

Y en ese momento, mientras se cambia de ropa e imagina a sus padres esperando fuera, imagina también dónde estará el muchacho que le acaba de enviar un mensaje diciéndole que no lo haga. Imagina que se da la vuelta y sale y modifica su propia experiencia y tira a la basura cualquier forma posible que no sea la asfixia. Le queda poco aire. Noventa y un días. Trece semanas. Le han dicho que es A positivo y eso debe de ser bueno. La sangre. Roja. Arroz a la cubana. Su hermana está llegando. Vivir en Madrid. O en Barcelona. Ser bailarina. Una copa de vino. Vivir en Barcelona. Volar a México, Argentina, Uruguay, Marruecos. Enamorarse de esa chica que conocerá el primer día de trabajo en el Mediterráneo. Gazpacho y tortilla de patatas. Nadar en el mar. Cantar *Cuando zarpa el amor* en un karaoke de Alicante. Pasar tres días en el Monasterio de Montserrat escribiendo. Dejar de fumar. Volver a fumar. Vivir sola en un piso desde donde puede ver la puesta de sol. Manifestarse porque No es Abuso es Violación. Jugar al *Mario Kart* con su mejor amigo durante horas. Ir a un concierto de Beyoncé. Empezar Filosofía por la UNED. Tener una parálisis del sueño después de ver un documental de Charles Manson con su amiga Saray. Matar sin querer a los peces de su mejor amigo Álex porque está quebrada. Conocer a una refugiada que le hará darse cuenta de cómo hemos fracasado como especie. Bailar en el cap de Creus después de haberse saltado su dieta y comerse unos mejillones con tres o cuatro copas de cava. La sangre. Que su madre le ponga una mano en el pecho. Decidir vivir en calma. Ganar en un concurso de hamburguesas al chico del que se enamoró y recibir en un audio de Whatsapp la canción *Con las ganas* de Zahara cantada por él después de haberla engañado y hacerle creer que está loca. Enfadarse demasiado. Vivir en el campo. Romperse por amor. Respirar profundo. Sanar la herida. Pasar tres días sin vestirse ni ducharse con su compañera en una casa en la montaña cerca de Madrid con una *infinitypoooool* y con sus amigos mientras hacen pasta fresca o juegan al *Party*. Decidir no morirse. Ir a comer paella a casa de la persona que dice que ella es su versión mejorada, y de la que ella piensa que menos mal que existe en el mundo porque aprende y se expande como materia orgánica por el universo. Patatas fritas. Apuntarse a un curso de Física Cuántica. Conseguir vínculos que arropan. Despegar. Volver a casa. Que le duela el cuerpo. Bailar. Sobre todo bailar.

Se cambia de ropa. Lleva puesta una especie de bolsa de basura verde que le marca más la ausencia de color de sus ojeras. Aceituna aceitunera.

En el centro de la sala hay una camilla individual de metal. Ella camina hacia el centro y se tumba. Le dicen cosas que no escucha. Ve un cubo de basura. ¿Lo tirarán ahí? Piensa. Pon los pies aquí, una pierna a cada lado y baja el culo. Arriba, luces blancas y caras nuevas que no volverá a ver, o eso cree ella. Le ponen algo en la boca y nariz. Respira y cuenta marcha atrás de diez a cero.

Diez.

Nueve.

Ocho.

Siete.

Se despierta con la boca seca. Tiene la energía de un dragón y ganas de comprar las entradas de Nochevieja del Dardy. Algo se ha abierto en ella.

Una semana después la T4 explota.

Cuatro años después, el 13 de marzo de 2010, se promulgó la Ley Orgánica 2/2010 de salud sexual y reproductiva y de la interrupción voluntaria del embarazo. Se concreta la despenalización de la práctica del aborto inducido durante las primeras catorce semanas del embarazo. Durante este tiempo, la mujer podrá tomar una decisión libre e informada sobre la interrupción de su embarazo. No habrá intervención de terceros en la decisión. Ni necesidad de malformación, violación o que sea necesario para evitar un grave peligro para la vida o la salud física o psíquica de la embarazada y así conste en un dictamen emitido con anterioridad a la intervención por un médico de la especialidad correspondiente, distinto de aquel por quien o bajo cuya dirección se practique el aborto. La nueva ley permitirá también a las jóvenes de dieciséis y diecisiete abortar sin necesitar la autorización de sus padres. La Ley 2/2010 de salud sexual y reproductiva y de la interrupción voluntaria del embarazo finalmente fue aprobada por 184 votos a favor, 158 en contra y una abstención. El Partido Popular fue el único partido que se opuso en bloque a la aprobación de la nueva ley.

En febrero de 2014 el Tren de la Libertad paralizó la posibilidad de volver al 85 y Alberto Ruiz Gallardón, ministro de lo justo, dimite.

El 31 de diciembre ella se pone un vestido negro y una torera verde de pelito. Paga treinta euros de barra libre y cotillón.

Y baila.

Baila por nosotras, oh Madre, pues no eres solo la que aguanta el dolor, sino también el canal de la curación. Señora de los Dolores, socorre en todo tiempo la caída, el lodo y el trance de la muerte. Concédeme el pensamiento y la disciplina de recurrir a mí, que eres tú, para recordarme viva y acompañada. Socórreme en la herida infinita, pues ella me eleva entre los cuerpos y me permite mirar de cerca otros ojos, para que la misma herida llene de amor y furia nuestro espacio y con ella modificar lo posible. Señora del Perpetuo Socorro, abre en mí una grieta que posibilite que entre la luz. Para no cerrar para siempre las compuertas después de hoy.

A ti, que dueles y calmas.

Gracias.

Semiótica

Varias cosas:

1. Deberíamos plantearnos seriamente todo esto.
2. Échate crema.
3. Aprende a hacer fuego con una lata de atún.
4. Hay un 80 % de posibilidades de que el planeta siga calentándose los próximos cinco años por encima de los 1,5 °C.
5. Chalchiuhtlicue «la de la falda de jade» es la diosa mexicana de los lagos y las corrientes de agua. Durante su reinado el cielo era de agua, la cual cayó sobre la tierra como un gran diluvio y los seres humanos se transformaron en peces.

El AVE a Madrid sale. El tiempo es relativo aquí. Dos velocidades en movimiento. Dos cuerpos en contraste. El tren y yo. Que no me muevo mientras me alejo. Un desplazamiento hacia el rojo. Torciendo todas las luces en el cielo, curvándome en el espacio. Conecto mis cascos con *bluetooth* y busco la lista aDenTro HeRmoSuRa que hice hace un par de días. La música como forma de encuentro. Un generador. Cierro los ojos y respiro profundo. He salido. Estoy saliendo. Estoy aquí. Estoy llegando. Un tren a 273 km/h no es lo suficientemente rápido para alcanzar la luz. Acción imposible.

A cachos.

A cachitos.

A

Ca

Chos

De

Un

Cu

E

R

Po

Joder, necesito ir a la acupuntora urgentemente.

Y dejar de fumar.

Otra vez.

Es muy temprano cuando llego a Madrid. Aún no ha amanecido. Me gusta Madrid así, sin arrancar. A la espera de que el sol empiece a calentarnos. Necesito pegarme una ducha. Deseo entrar por la puerta de mi casa y tumbarme en el sofá. Un descanso. El tiempo se contrae y se dobla. Estoy llegando a mi casa y estoy saliendo de aquella casa. Los dos espacios se mezclan. Estoy aquí, en esta casa, escuchando en Youtube a los que desde la carrera de San Jerónimo s/n, y sin vergüenza, dictaminan algo sobre la verdad, la ley, la justicia. Les escucho para no pensar en la venganza. Un ciclo que se repite. Una forma de espiral. Ya fue. Ya ha sido.

Camino por la calle Toledo hacia Cascorro mientras sus voces siguen. Un teatro parlamentario muy bien pagado.

Muy mal interpretado. Cambio. No me interesan. Dióxido de carbono entrando por sus fosas nasales. Pongo otra lista. aMor CósMiCo. Un despertar bajo un rumbo concreto. Cuando estoy a punto de caer, cuando estoy en el límite de la neurosis, caminar por las calles de cualquier ciudad con una *playlist* elegida intencionadamente me ensancha. Imagino la película y en la simple acción de observar modifico mi propia experiencia.

A lo lejos, Alis aparece. Se ha cortado el pelo. Alis trabaja en un estanco que hay cerca de Antón Martín aunque dejó de fumar hace dos años. No le gusta Camela y eso que se crio en San Blas. Esta es nuestra discusión perpetua. El único punto en el que jamás podré darle la razón. También le duele el cuerpo, sobre todo en invierno. Está enamorada de Roma desde que, de adolescente, la pisó por primera vez cuando quiso ser cantante. La primi, como yo la llamo, siempre sabe cuál es el motivo real de lo que está pasando. Observa. Ella observa mientras el resto habla y entrecierra un poquito los ojos cuando sabe que alguien está mintiendo. Es imposible mentirle y es completamente imposible mentirte a ti misma delante de ella. Porque, cuando lo intentas, ella se queda en silencio y levanta una ceja. Entonces sabes que estás perdida y que vas a tener que dejar de hacer el imbécil. Alis tiene la capacidad de sacarte del pozo en menos de veinte segundos sin ningún tipo de esfuerzo. Esa es su naturaleza. Ha estado rota, completamente, pero en su escucha y su rabia está su venganza. Su resistencia. Tiene esa energía de centro, de núcleo. De materia en su máxima condensación, y eso es justo lo que ahora mismo necesito. Un ancla. Volver a tierra. Alis y yo podemos hablar durante seis horas sobre la existencia de la verdad como concepto y el ser. Si es que SeR es algo que se es y no algo que se está haciendo, pero somos absolutamente inútiles para cualquier cosa que tenga que ver con un ordenador, una cita previa o para entender por qué hay gente que desayuna con cocacola.

Vengo a contarle que soy la peor persona del mundo. Que es agotador mirar fuera. Que estoy cansada, muy cansada de leer las noticias, de abrir Instagram, de la cantidad de miseria que cargan las mentes de los hombres. Que necesito que suceda algo límite. Que no puedo soportar más este dolor en el diafragma. Que tengo demasiado miedo a comer. Que me duele el cuerpo. Que no consigo ver el fin. Que me niego a despertarme cada mañana buscando una solución. Algo que haga que todo cambie y que pueda respirar. Que la inflamación ha llegado a la garganta. Que me estoy quedando sin voz. Que no puedo más. Que no aguanto más. Vengo a contarle que, aunque cada día aguanto el embiste, estoy cansada de mi propia historia. Que no entiendo por qué tengo que intentar limpiarme. Que no sé en qué momento creí que estaba sucia. Que me duele la tráquea. Que tengo algo clavado en el estómago. Que tengo algo clavado en el útero. Que estoy harta de cargar con un hijo que no existe. Que no puedo hacer más terapias ni más rituales ni más respiraciones. Que tengo hambre. Que tengo sed. Que me duele comer, pero que no puedo dejar de comer porque comer es lo que me nutre. Que deseo profundamente sanar mi intestino y mi microbiota, pero que no está pasando y no sé dónde más buscar. Que es imposible digerir todo lo que sucede fuera. Que fuera duele. Que hace diez años que no vomito, pero que aún pago las consecuencias. Que no quiero seguir aprendiendo. Que no quiero aprender nada. Que me quiero quedar aquí. Estancada. Que no quiero adelgazar más. Que no quiero engordar más. Que quiero quedarme aquí. Estancada. Que ya he aprendido. Ya he aprendido. Que agradezco la experiencia. Pero que ya basta. Que todo es amor, incluso el fuego. Que no puedo amoldarme. Que he gastado mi última bala en pertenecer al sistema y que me ha salido mal. Que estoy harta, harta, de salir a caminar por las calles y ver a gente escondida en cajas de cartón. Que ya van muchos miles de muertos debajo del agua. Muchos miles de muertos en todas las partes de esta tierra fragmentada. Que no quiero mirar más. Vengo a contarle que hoy leí que el suicidio es la principal causa de muerte entre adolescentes. Asesinato. Que soy la peor persona del mundo porque soy violenta. Pero que podría serlo mucho más. Que hago mucho esfuerzo en no arrasar con todo. Que hago mucho esfuerzo por aguantar a la pantera. Que he comprado ya todas las herramientas. Que la tierra es mía. Asfixia.

Que he entendido que no voy a cambiar el mundo y me han dado ganas de morirme.

¡WENAS CARIÑOOOOOO!

Hola Fea K ase? K tal estás? Yo paki to
aburría K hoy no ha venío la profe de
Historia. Joe pa 1 clase K me gusta. Jops.
Xo weno, así aprovecho y te escribo primita
mía de mi almaaaaaa!!

Acha pos yo súper bien. Ayer fuimos con mi
padre y to la trupe a x espárragos y nos
trajimos dos matojos pa to 1 regimiento jaj
Igual podríamos ir un día to las niñaaaas.
La verdá esk es un planazo el campito y
la family ♥

Y K te cuento. Pos ná. K el Santi me anda
buscando y llamándome dsd las cabinas xo
yo paso 3 kilos Tssssss. Es xica. Esk
menuda amargaera hija. Yo ahora stoy bien.
Esk acha, la vida es mu corta como pa
star amargá x 1 niñato K va K va. Yo paso
Asik no le cntsto ni ná xo no para de
mandarme sms pa pedirme arreglarlo. K
dice K el no aguanta + así. Pos ya se
puede aguantar y K le pike un pollo jajaja

Hoy tngo K estudiar xo el sábado salimos
par 1 ratino nooo? Y nos despejamos
la cabeza :)

K nos lo merecemos un pokino jijiji

Pos esooooo? Nosep K + contarte. Yo creo K hoy ire con mi padre x la tarde a la cubana a x unos bollitos de leche. Kuaaaaaa x RiCoOoOooOs jiji. Y luego iremos al videoclub a x 1 peli cmo tos los jueves. El mejor plan de la semana la verdá

Ay NeNa K SueRTe La MiA. Me encantadaaa Es mu salaino el cine en family.

Toy fatal de la espalda tiaa. Asi K yo creo K mñn no iré a danza ni ná. No me da la vida. Stoy to ReVentá. No puedo + del doló. A ver si mi madre me da un masajino o algo pai xK toy to destrozá. Es xica. T lo juro x Dios. Uffff. Xo wero wja K le vamos a hacer. Escribeme eh? No seas perrinaaaa. Wero enga Te AmOoooo wapa. Te cameloooO

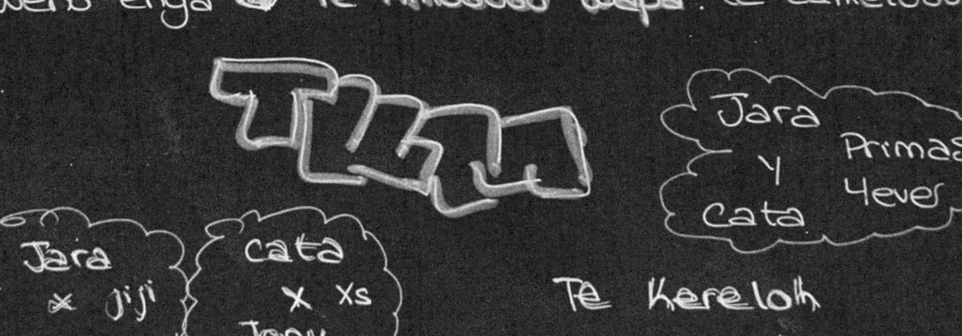

d: Kien te Kiera + K yo K te escriba + abajo

Semiótica

Varias cosas:

1. Los embriones humanos tienen músculos extras en las manos que también se encuentran en los lagartos.
2. Hathor, Afrodita y Venus son diosas del amor.
3. El lince ibérico aún no está a salvo.
4. La FAO estima que para producir un kilogramo de carne se necesitan entre cinco mil y veinte mil litros de agua.
5. Las patatas, fritas, por favor.

Escucho la única canción posible un día como hoy. Una noche. El tiempo que se acaba es una mentira. Un tiempo ahora un rato después. Quizá estar abajo. Quizá leer un texto nuevo, unas nuevas palabras que quieran decirme algo que no sepa. Algo nuevo en el lenguaje. Una frase nueva en la que descubra un nuevo significado.

Escucho un grito de un hombre que se ha muerto. Un hombre a cuyo hijo han asesinado a tiros cerca del agua. Él grita, y yo le escucho desde muy lejos. Ahí reside lo importante. Hay un hombre a cuyo hijo han asesinado a tiros cerca del agua. Acción insoportable. Un dolor agudo. Una punzada. La música no le sostiene, no le alivia. Ni siquiera sus instrumentos, ni el oud, ni el shebbabeh o el yarghoul. No hay palabra que defina su cuerpo abierto. Ni palabra que acierte a explicar su lamento. Solo el silencio. Silencio.

Existo porque estoy aquí. En lo más nimio del sentido, en el espacio más pequeño. Escuchando desde muy lejos el grito de un hombre que se ha muerto mientras vuelo a diferentes países con la excusa de la gira de *Antígona*. Esta es mi suerte. Este es mi privilegio. Un pasaporte válido. México, Argentina, Uruguay, Marruecos. México, Argentina, Uruguay, Marruecos. Juana me acompaña, pero me sabe en otro espacio. Mi cuerpo está aquí, sentada en este asiento de turista *premium* a doce horas del pasado. Mi cuerpo está aquí, a la espera del menú turista *premium* de las doce de la noche. Un asco. Un privilegio tóxico, sí, pero a mí no me han matado a un hijo a orillas del agua. La mirada lejos. La mirada allí donde ahora me dirijo. La mirada allí también, en ese otro espacio al que no iré jamás. Donde las bombas caen, las paredes caen, los cuerpos caen, las madres caen, los hijos caen, los padres caen, los enfermeros caen, las periodistas caen, las ropas en el suelo. Los teléfonos suenan, pero nadie responde. Una vibración extraña.

Juana, la mujer que me acompaña desde que me fui de Barcelona, agarra mi mano ligeramente. Entendiendo que más fuerte es imposible, que podría romperme. Sabe y decide estar lo suficientemente cerca sin apretar demasiado. Sin tensar la cuerda. Es lista la cabrona. Al mirarla suelto el aire que me aprieta el plexo. Podría aprovechar que tengo una vida, por ejemplo entendiendo que estoy aquí con ella. Podría simplemente apreciar las cosas que pasan. Las grandes cosas que pasan. Tener una vida más allá del arte, del ego. Quizá una casa en el campo. Dejarme allí y entregar mi energía a lo verde. Echo de menos el olor a encina y alcornoque. Podría aceptar que a veces me da miedo pensar, que me da miedo pensar demasiado, que me da miedo pensar demasiado en que pienso demasiado. Podría alejarme como sé que ya lo estoy haciendo. Podría alejarme lo suficiente como para que el miedo se convirtiese en algo real. Llegar a alguno de estos países a los que ahora me dirijo y negarme a volver. Volver es un verbo imposible. Arrepentirme de no haber ido o de no haberme quedado con cualquiera de los cuerpos que deciden acompañarme durante un rato. Arrepentirme es algo que no sé hacer. Otro verbo imposible.

Solo en ella existe la entrega honesta, real y profunda. Solo en ella existe una verdad sin juicio. Ella se atreve a cruzar las líneas que nos asustan, y yo me atrevo con ella. Aprendemos a navegar en el cambio de paradigma o de visión. Aprenderemos juntas a dejar de tener miedo a dejar de tener miedo. Aprenderemos a dejar de decir que, si doy un paso más, puedo cagarla. Porque todo el amor que yo tengo en el pecho solo puede generar cosas bellas, cosas hermosas, cosas preciosas como el agua del río que hay enfrente de aquella casa del Alentejo. Atreverme a cruzar las líneas de la palabra dicha. La claridad de la palabra dicha. Un descanso. El avión despega.

Escucho la única canción posible en una noche como hoy. El cuerpo a demasiada altura. Es increíble las diferentes velocidades que me sostienen. Este avión y este asiento. Dos tiempos contrarios. La quietud y la luz. Luz y silencio. Luz y silencio. México, Argentina, Uruguay, Marruecos. Un hombre grita. Yo escucho. Silencio. Un hombre grita. Mi privilegio. Un hombre. Un hijo. Un nudo en la garganta. Las palabras nuevas. Una palabra nueva que quiera decir algo nuevo. No existe. No la encuentro. Una palabra nueva. Perder la perspectiva. Escondernos en un ático con terraza en el que se ve la luna. Escucho estas voces que me abren la garganta. Que me clavan un puñal en la garganta. Mi tristeza es un puto privilegio. Existo porque estoy aquí a esta altura en este avión ya a menos horas del pasado repasando el texto. Antígona, hija y hermana de Edipo. Hija de una madre muerta. Empujada a la desobediencia. Empujada a no complacer. Ni siquiera a sí misma. La tiranía del Estado sobre ella. Ella, empujada a la muerte por no aceptar la ley. La guerra. Esparcirá el polvo sobre su hermano muerto a manos de su hermano. Un hombre que mata a otro. La misma sangre. Un padre ciego. Arrastrada frente a Creonte por no compartir el mismo odio del que él se enorgullece. Ella, descalza en una gruta rocosa acompañada de otro cuerpo. Ella está ahí, sentada en la arena sin estar allí del todo. Escuchando el grito de un hombre muerto. Un hombre cuyo hijo ha sido asesinado a tiros cerca del agua. Intenta usar alguna palabra nueva. Algo que la traiga aquí. No existe, no la encuentra. El cuerpo de aquel niño la persigue. Lo lleva a cuestas.

Con la herida completa del mundo.

No HaY gRieTa

No queda mucho pa que yo me vaya de esta ciudad. Está oscureciendo demasiao. Aprieta. Tengo ganas de vomitar. No queda mucho pa que yo me vaya de esta ciudad que amo profundamente, pero que me impregna el útero y el intestino de un color negro. Una especie de resina pegajosa. Petróleo. Limpiarme, necesito limpiarme. No queda na pa que yo me vaya de esta ciudad. Mañana. Que salga el sol.

Hoy es mi cumpleaños. Hace ya un tiempo que no veo al Santi. Intento no aparecerme por los sitios donde sé que va a estar. Intento, sin mucha gana, obviar los toques que me da en oculto, los mensajes desde las cabinas, la chapa que sé que le echa a mis colegas cuando se las encuentra en cualquier esquina de cualquier barrio a cualquier hora. Ha pasado ya un tiempo largo desde lo del hospital. Pero sobre todo ha pasado un tiempo largo desde que salí del hospital y estaba esperándome en la puerta de mi casa. Ha pasado un tiempo desde lo del pueblo de la Tati. Quizá dos o cien años. Tanto. Tan cerca. Desde que me miró como si hubiese cometido un crimen. Yo. Un crimen.

No deberías haber hecho eso.

Me quedé fría. Un bloque. Cerré las compuertas. Bloqueé toda posibilidad de que entrase na de él por ninguna grieta de mi cuerpo. Aquí dentro ya no. Un bloque. Fría. Un bloque de acero ardiendo. Completamente congelada y ardiendo. Compuertas cerradas. No hay grieta por la que pueda entrar. nO hAy gRiEtA. Vete de mi casa. Y me juré no verlo nunca más. Me juré arrancarme las manos y los ojos si lo hacía. Me prometí no hacerme chica ante su carina de perro degollao. Porque ya basta. Porque hasta aquí hemos llegao. Te detesto. Ya no existes. Ya no perteneces a este espacio. No sé quién eres. Ni cómo es tu cara. Uf. Me cerré, se escapó de mi cuerpo. Ya no estás. Ya no está. Así que volvió con la Susi porque ese era un poco su plan. Conmigo - con ella - conmigo - con ella - conmigo - con ella y, entre medias, supongo, todo lo demás. Y mira, por mí bien, de verdad que me va de lujo ahora mismo que tenga otro sitio donde entretenerse. Aunque ella debe de estar esperando algo límite. Algo que haga que todo explote tanto que no le quede más remedio que irse.

Hemos quedao con las niñas en ir a cenar al Bocaccio, el italiano que hay enfrente del Pryca, y luego ir a tomar algo paí pa Valdepasillas, o si no subir a la Urba, a ver si se mueve algo novedoso, hija, que estamos jartas de las mismas caras tol rato. Mi prima se ha echao un novio del Gurugú y nos han dicho que si queremos ir a la Urba nos lleva en el coche. Muy bien. El Jony me encanta pa mi prima. Es + SaLao k 1 PiPa. Eso le digo siempre. Es mu salaíno el Jony, siempre pendiente de ella pero dejándole to el espacio pa que no se agobie. Ojalá duren mucho. Acho, hacen un parejón, la verdá. Además me gusta porque no tiene problema en venirse con nosotras aunque no haya ni un muchacho más, y eso dice mucho de él, porque a los muchachos siempre les escuece mucho hacer grupo solo con niñas porque necesitan ser mayoría pa sentirse a gusto. Pero el Jony es bueno de dentro. Uno más de nuestro grupo.

Entramos en el Bocaccio, la Tati, Sole, mi prima, el Jony y yo, y pedimos mesa pa doce. El resto de niñas llegan un poco más tarde pero vienen todas. Me regalan un par de conjuntos del Bershka y el libro de *Crepúsculo*. También me han hecho un álbum de fotos forrado en pelito verde fosforito con fotos de nosotras desde que éramos chinorris. LaS sHuLaS dE BaDaHó. Lloro un poco. Siempre me pasa cuando alguien me hace un regalo personal, me invade una alegría triste. Como un recibimiento de amor que no reconozco. Como si yo no debiese estar tan llena y tan plena. Un nudo en el diafragma. Algo que se abre. Una especie de despedida, porque ellas saben, y yo sé, que si me alejo de aquí no querré volver. Ellas saben, y yo sé también, que el deseo de huida es demasiao grande y que a cabezona no me gana nadie. Xo Es Lo K HaY aunque yo ni siquiera sepa muy bien por qué me piro y pa qué. Pero está decidío. Mañana cogeré el bus que llega a la capital y me prepararé pa entrar en alguna escuela de danza. He visto varias. La que sea, me da igual. Primero llego, luego investigo y si tengo que cambiar pues cambio. aLgO K me SaKe De Akí :)

Nuestra mesa es grande y rectangular. Me toca presidir que pa eso soy la cumpleañera. En la mesa de enfrente están las de San Fernando y, aunque tuvimos probleminas con ellas hace algunos años en unas fiestas, ya estamos en paz. Me caen bien en realidad. Pinta que también están celebrando algún cumpleaños o algo. No sé exactamente. Pero se han vestido de celebrar. No es cualquier cena. NuSeP.

Hay una muchacha en el centro que me está mirando demasiao. No la conozco de absolutamente nada. Le pregunto a Sole a ver si ella la conoce. Na. Miedo me da que sea amiga del Santi y se sepa to la historia y demás. En fin. Intento no mirar, hacer como que no está ahí. Ella es morena, con el pelo mu corto y un pendiente de aro en el centro del labio. Lleva puesto un top blanco y un pantalón ancho negro. Tatuajes en el brazo derecho. Un cintillo. Esta niña no es de aquí. La verdá es que la muchacha viste bien. Sigue mirando. Le pregunto a la Tati. Na. Sigue mirando. Acha, colega. La miro. Na. Esta debe saber algo de mí porque si no no entiendo. No sé qué sabrá porque yo me he encargado mu bien de sentir tanta vergüenza que, de mi grupo, solo saben las cosas mis tres flores. Al resto ni mu, que Badahó es mu chico y luego to se sabe. Pero al final le digo algo, ya verás. Algo tipo ¿qué coño miras tanto? ¿Qué pasa? ¿TeNgo MoNos eN La CaRa o Qué? PoS No Me Los MiRes Que Me Los eSpaNtas. Chacha, déjame. Soy incapaz de estar en la cena sin mirarla. Cómo se mueve, cómo habla, cómo de vez en cuando mira de reojo. Se ríe. Se ríe y mira. Cabrona. Me estoy poniendo nerviosa. Pero no es un nervio malo. Tampoco es que ella me mire malamente. Simplemente mira y observa. El pelo corto. Morena. Un pendiente de aro en el centro del labio. Se mueve diferente. Como si no sintiese la presión de fuera o como si no le importara. Desde aquí puedo ver cómo el resto de sus amigas la miran, entre envidiosas y admiradas. No, esta niña no es de aquí, ya te lo digo yo. Le pido a la Tati un piti y me lo fumo sin haberme terminado la pizza. Margarita. De fondo mucho jaleo y mucho pásame un cacho de esa que la pruebe. Dame fuego. ¿Podría traernos un cenicero por favor? Una Coca-Cola Light. Pa mí una Sagres por favor. Gracias. Dos pitis.

Me levanto y voy al baño. Pienso en vomitar. Sería tan fácil, y nadie se daría cuenta. Nadie mirará lo suficiente a los ojos pa darse cuenta de ese brillo que se queda de haber forzado la máquina. Esas lágrimas de arcadas. Nadie se fija lo suficiente.

Nadie se dará cuenta. Es tan fácil. Solo tendría que beber un poco más de agua, pa no hacerme daño. BeBe AgUa. Me aprieta demasiado. Es tan fácil. Podría. Ahora. Es tán fácil. Doscientos millones de pensamientos juntos que se me agolpan. Yo solo quiero vaciarme. Un rato. Sentirme ligera. ¡¡¡Pero JoDeR!!! ¡Que no! No lo hago. No. Hoy no. No quiero empezar un nuevo año ya yéndome a la mierda. Esto ya no me representa. Hoy es diferente. Hoy será un nuevo comienzo. No hace falta. JoDeR StoY MuY BieN. Estoy con mis amigas celebrando la vida. Estamos juntas celebrando la vida. Vaciarme de mí misma ya no me representa. Ya no me define. Tengo planes buenos. Tengo un grupo bueno. Agradezco. Agradezco. Me miro al espejo y sonrío. Todo está bien.

Salgo del baño y allí está ella. Hola, me dice. Hola, le contesto y me voy. Joder, me pone nerviosa esta tía.

Al volver, mis amigas se han compinchado con los camareros y me han traído una tarta y se ponen a cantarme el *Cumpleaños feliz*. Dios santo, qué vergüenza. Este momento es uno de los más ridículos de mi vida. De la vida de cualquiera. ¿Qué coño hace una cuando le cantan el *Cumpleaños feliz*? La muchacha sale del baño y presencia la escena. Sonríe y me guiña un ojo. Gracias, pienso. Mi prima Cata está contenta. Sole está contenta. La Tati está contenta, y al mirarlas siento que me explota el pecho pero no es de angustia. Me explota el pecho de la cantidad de verdad que hay en sus caras. De la cantidad de verdad que son.

Venga, anda, vámonos que tengo ganas de bailar. Este calor de julio. Son las diez y media de una noche de julio y seguimos a 37 °C. Perfecto. A sudar pues. Hablamos con las niñas de San Fernando y ellas también van a ir para la Urba. Perfecto. Pues nos vemos allí.

Entro en la 4ever y lo primero que me encuentro es a la Susi y al Santi de frente. JoDeR. Obviamente me ven. Venga vamos, no me jodas. Obviamente ella se acerca a saludar. ¿Sabrá algo? ¿Le habrá contado algo? Seguro que no. Hace mucho tiempo que no hablo con ella. Desde que pasó to lo que pasó y ellos volvieron, no hemos vuelto a coincidir. La vergüenza es la misma pa un lado que pal otro. Yo no pienso decir nada. Él no se acerca. Mejor. Me niego a irme. Es mi puto cumpleaños. No pasa nada. To eso ya pasó. Ya está. Vamos a olvidar to esa mierda. Hoy merezco pasármelo bien. Voy a beber y voy a bailar. Ha sido un año de mierda, pero me niego a que el próximo sea igual. Me aprieta el pecho. Me aprieta justo ahí debajo del esternón. Como si tuviese una bola dentro. Una bola gigante de acero ardiendo. Me quema y no puedo respirar bien. Mis costillas están bloqueadas. No puedo respirar bien. No se me abre el pecho. No escucho la música. No sé que está sonando. Mucho ruido. Sordo.

Voy al baño. ¿Vomito? No, joder. No. Respiro. Uno, dos, tres, inspira, cuatro, cinco, seis, expira. Otra vez. Inspiro en uno, dos, tres, expiro en cuatro, cinco, seis. Tres veces más. Intento abrir un poco el diafragma con mis dedos. Intento separar las costillas. Abrirme. Un poco. Siento mis piernas flojas. Miro la puerta del baño. Hay frases escritas que no logro ver bien. La mirada se me nubla. No sé qué cojones me está pasando pero tiene que parar ya. Pego un puñetazo a la pared. He vuelto. Siento la mano caliente. Vale. Ahora sí. He vuelto. Estoy aquí. Salgo y me miro al espejo. No voy maquillada. Solo rabillo del ojo negro y rímel. No puedes llorar hoy. Me duele el pecho. No pasa nada. Estoy bien. Estoy bien. Sonrío. Salgo.

Me encuentro con las muchachas de San Fernando que están justo al lado de mis amigas. Suena *Dile* de Don Omar. Seguro que el puto Santi está esperando que mire a donde él está. No pienso hacerlo. Siempre me mandaba esta canción. No pienso mirar. Céntrate en esto. Céntrate aquí. La muchacha del pelo corto está bailando justo detrás de mí. No sé qué colonia lleva, pero no es la típica que puedes comprar en el bazar o en El Corte Inglés. Huele a una mezcla entre humo y encina. Algo así. Me gusta cómo huele. Me calma. Tierra y humo. Ella está muy cerca. De espaldas. Me gustaría hablar con ella y preguntarle dónde se ha comprado ese perfume o cualquier tontería que se me pueda ocurrir a esas horas, pero me siento intimidada. Me da como vergüenza. En mi vida me ha pasado que un tío o una tía me intimide. Normalmente me hago amiga de cualquiera en menos de diez minutos. Normalmente suelo ser yo la que manejo, la que está un poco en situación de poder. Pero ahora no está pasando eso. No estoy controlando yo. Y no me gusta o me gusta demasiado. No control. Seré patética. Cuando me pasa esto me disparo, me pongo más graciosa de lo normal, hablo más alto de lo normal y llamo un pelín más la atención de lo que ya lo hago. Porque eso es algo que también me ha pasao siempre. Que aunque no quiera, aunque desee estar escondida debajo de las piedras, aunque me vista completamente de negro y me deje el pelo suelto como la niña de *The ring*, siempre, siempre termino llamando la atención. Pero eso es porque soy Leo o al menos eso es lo que dice mi hermana la mayor. No lo puedes evitar cariño. Te rige el Sol. Quizá por eso me siento arder o quizá por eso tengo la capacidad de quemarlo todo.

Ella me toca el hombro y me pregunta si la acompaño a pedir a la barra. Claro. Dos gin-tonics y de paso pide también dos chupitos de tequila. Por tu cumpleaños, me dice. Hostia, esta tía me pone un poco tensa. Pero no es una tensión mala. ¿Qué me pasa? Primero la sal. Hos-ti-as. Mientras me bebo el chupito, la miro a los ojos. Me doy cuenta de que tiene la típica raja en la ceja que se hacen los muchachos con la maquinilla. Ahora el limón. ¿Esta tía quién es? No soy de aquí, me dice. Me río. Me ha pillao. Ya me imaginaba que no era de aquí. Esa cara, ese rollo, esa manera de bailar tan explosiva y despreocupada. Estaba claro. La sal. Soy de Madrid, pero mi abuela materna es de aquí, así que vengo todos los veranos. A pasar calor, le digo. Se ríe. No me deja pagar las copas ni los chupitos. Dice que es su regalo de cumpleaños. Me agarra la mano y me lleva al centro de la pista. Tiene la mano suave pero firme. La sigo. Me lleva. ¿La sigo o me lleva? Un poco ambas. Quiero ir. Se pone frente a mí. Me agarra la cintura. Me está pasando algo en el cuerpo. Me estoy mareando. Me gusta cómo huele. La miro y me aguanta la mirada. Un rato largo. Nadie suele aguantarme la mirada. Ella aguanta. PuTa cHuLa. Es guapísima. Tiene la piel morena y los labios carnosos. Le brilla el piercing de la boca. La agarro de la cintura como suelo hacerlo cuando bailo con mis amigas. Pero un poco diferente. Hay algo diferente. ¿Se estará viendo desde fuera? ¿Se está notando algo raro? Me aguanta la mirada. Me gusta cómo huele. El pendiente le brilla en la boca. LoS LaBiOs. Los ojos negros. Bailamos muy pegadas. Tanto que puedo apoyar mi mano derecha en su nuca. Agarro suave. Aprieto. Ella acerca su boca a mi cuello. Hos-ti-as. Luz eStRoBosCópiCa. Blanco y negro blanco y negro. Veo pero no veo. Me estoy mareando. Me da la vuelta y apoya sus manos en los huesos de mis caderas. Pantalón vaquero de cintura baja y top azul. Despacio. Un reguetón suave. Hos-ti-as. CoLeTa aLta.

Noto su respiración en mi nuca. A un lado y al otro. BaiLo. Cierro los ojos. Igual le pego una hostia. Qué coño está haciendo. Me estoy poniendo nerviosa. Me está subiendo algo de abajo arriba. Tengo muchísima calor. Hoy pega fuerte. 33 °C todavía y ya son más de las dos. Necesito ir al baño. Ya está. Me suelto.

Todo es muy borroso. No sé dónde están mis amigas. No sé dónde está nadie. Tampoco consigo ver al Santi o a la Susi. No quiero vomitar pero ahora es más fuerte la náusea. Profunda. Una náusea antigua. No he bebido tanto. Escucho los graves de la música cuando entro al baño. Suerte pa mí, no hay cola. No hay nadie. Está vacío. Raro. Siento la vibración en mis oídos. Ni cola ni nadie dentro. Cosa rara. Es el típico baño de discoteca en el que hay cuatro o cinco baños individuales en los que se ven los pies por abajo, pero que puedes cerrar con un pestillo. Espejos. Muchos Espejos. Suelo pegajoso. Nadie pintándose los labios en el lavabo. Nadie acompañando a nadie al baño. Me late rapidísimo el corazón. Mucha presión en el pecho. Estoy sudando. Entro. Entro al baño y aguanto la pared con las manos. Inspira en uno, dos, tres, cuatro. Expira en cinco, seis, siete, ocho. Repito. Uno, dos, tres, cuatro. Apnea. Cinco, seis, siete, ocho.

Necesito agua.

Salgo del baño y allí está. Apoyada ligeramente en el lavabo. El espejo detrás. Me veo a mí misma con una cara de mierda. Mi reflejo. Sudando. La luz blanca marca mucho más mis ojeras y mi bigote. Las cejas finas. Muy muy finas. Aceitunera. No me gustan las luces blancas. No las entiendo. No confíes en la gente que prefiere luz de led a luz cálida. Pienso. Una moda horrorosa la de los leds de colores y las lámparas de lava. Pienso. Ella me mira en silencio y sonríe ligeríííííísimamente. PuTa cHuLa. Le fijo la mirada con cierta calma. Intento encontrar qué es lo que hay ahí dentro. Qué es lo que hay ahí dentro. ¿Estás bien? No hay nadie más. Sí, sí, estoy bien. El tequila, supongo. Mentira. Escucho los graves de la pista. Los oídos ligeramente taponaos. La miro. Mojá. Necesito agua en la nuca. Abro el grifo. Agua. Me mojo el cuello. Mojá. Bebo un poco de agua haciendo un vaso con las manos. Encina y humo. Ella se moja las manos y las acerca a mi nuca y mi clavícula. Aflojo. Algo se me afloja dentro. Podría rendirme ahora. Quieta. Primer aviso. Existe la opción de rendirse. De romperse. Mucho esfuerzo pa salir de aquí. No quiero caerme. Ahora no.

Le agarro la mano y abro la puerta del baño. Entra conmigo. Inspira en uno, dos, tres, cuatro. Cierro el pestillo. Expira en cinco, seis, siete y….

Y ante la caída dijo:

Hoy en este templo se venerará tu resistencia. Se te entregará el agua y con ella saciarás tu sed. Hoy en este templo se venerará tu entrega. Se te entregará el fuego y con él llegará el inicio. Hoy en este templo se venerará tu coraje. Se te entregará la tierra y con ella construirás tu casa. Hoy en este templo se venerará tu luz. Se te entregará el aire y con él el tiempo.

Oh, Señora de la Caída. Comparte conmigo el ardor de los que aman. Comparte conmigo el sonido de las cornetas para poder elevarme hacia ti en este día santo. En este fin que comienza.

Semiótica

Varias cosas:

1. De vez en cuando un Colacao.

2. El nihilismo verdaderamente es una cosa aburridísima.

3. Ahora la ciencia nos define como holobiontes. Interacciones de vida. Cada ser vivo no es solo un individuo, sino un ambiente donde conviven miles de organismos.

4. Clementia, en la mitología romana, es la diosa del perdón, la compasión y la misericordia.

5. «No puede concluirse que la actuación de los agentes incrementara el riesgo para la vida de los migrantes, por lo que no se les puede imputar un delito de homicidio imprudente». La fiscalía no seguirá investigando las responsabilidades penales de España en la muerte de al menos veintitrés migrantes en la frontera de Melilla. Besos.

Entender que no va a cambiar el mundo la deja tiritando en una esquinita. Entender que aunque se levante a las tres de la mañana con una angustia que le abre el útero y la garganta porque hay niños rociados en polvo blanco; o porque hay hombres que desde sus laboratorios imaginan la posibilidad de generar una carga de energía cada vez más grande cada vez más mortal; o porque una persona muere de hambre cada cuatro segundos, uno, dos, tres, cuatro, o porque más de diez mil personas han muerto intentando tocar tierra firme en la ruta canaria; o porque la temperatura anual del planeta ha superado por primera vez el umbral de 1'5 °C fijado en los acuerdos de París por unos señores que comían langosta; o porque la especulación se ha convertido en lo normal y, aunque salga a la calle a defender lo justo, su enfado y su rabia sigue siendo un privilegio. Entender que vivir con cierta coherencia es imposible abre un pozo profundo en su cuerpo, porque asume que solo tiene hambre y que todo sigue y todo gira y todo sigue y todo gira.

Ese día, en un hotel con piscina en medio del Atlas de Marruecos, después de terminar la gira de *Antígona*, decidió no morirse.

Llevaba dos meses viajando y sellando su pasaporte en los países que más le mueven el cuerpo. Repitiendo una y otra vez el movimiento y muerte de la que desobedece. Aceptando la infinidad de posibilidades de existencia en este planeta. En el escenario, justo en el momento en el que las compañeras le lanzaban los cubos de agua, sentía que se conectaba con algo que no existía del todo. Algo que estaba muy profundo. En el rincón más oscuro de su hígado. En el momento en el que ella, empapada, pronunciaba las palabras que Antígona vierte sobre Creonte, sentía la respiración del público asombrado por su propia inacción. En el oscuro final, el público se ponía en pie y terminaban con las manos rojas de aplaudir, pero después volvían a su casa creyendo que el simple hecho de asistir a un espectáculo de danza les había convertido en mejores personas. Pero nada había cambiado. Si acaso un poco más heridos, un poco más destrozados, un poco más al borde, pero nada había cambiado. Todo gira y todo sigue y todo gira y todo sigue. Ella piensa para qué sirve el arte entonces. Si solo es una herramienta para satisfacer los egos y la necesidad de no quemarse del que lo realiza, o solo sirve para generar más dolor en las almas humanas. No lo sabe. Solo sabe que a ella le salvó la vida explotar dentro del movimiento, pero que ya no es suficiente. Ahora tiembla y clava sus dientes en su lengua.

Alis está esperándola en Marrakech. Aprovechando que la gira termina aquí, quieren irse una semana de vacaciones. No es muy inteligente decidir ir al desierto en pleno verano cuando las máximas temperaturas son de 47 °C, pero piensan que así al menos se van preparando para la realidad del futuro. Alquilan un coche y trazan la ruta Marrakech-Uarzazate-Merzouga. Para llegar al desierto tienen dos opciones. La opción de no ir no existe porque ella quiere ver el desierto. Quiere dormir en el desierto. Su deseo de silencio y luz. Su propio egoísmo. Así que o llegan en camello o en 4x4. No sabe qué es peor, si llenar el desierto de petróleo o el maltrato animal. Se sube al camello.

No se siente bien y a la vez hay algo en esta tierra que se le engancha como un anzuelo en el útero. Le agarra por pertenencia no sabe de cuándo. Siente algo familiar, algo conocido. No sabe de cuándo. Un constante conflicto. En el desierto conoce a Ibrahim. Un bereber que le regala un pañuelo azul y le cuenta unos acertijos tan sencillos que son imposibles de descifrar. Alis hace mucho esfuerzo en no juzgar lo que denomina pobreza, y ella no puede soportar que Alis no pare de juzgar todo lo que ve. Sabe perfectamente que le está doliendo igual que a ella. Saben perfectamente que están a punto de tocar hueso. La noche en el desierto es luna llena. A 42 °C. Aire acondicionado. Aire acondicionado en el puto desierto. Estar aquí es violencia. Estar aquí. Es. Violencia.

Después de levantarse a las seis de la mañana para ver salir el sol en el desierto piensa en cómo es posible que lo sublime sea belleza que duele. Ahí está el colapso. Ahí está la verdad.

Hace mucho calor. Demasiado. El cuerpo al límite.

Salen del desierto en 4x4. Total, ya que lo están haciendo mal al menos se llevan la experiencia completa. Cruzan el Atlas. La cordillera. El sistema montañoso que recorre a lo largo de dos mil cuatrocientos kilómetros el noroeste de África. La formación es consecuencia de la aproximación y colisión de placas tectónicas. Su choque. Un titán condenado a cargar sobre sus hombros la bóveda celeste. No visitan las cascadas de Ouzoud, aunque no soporten más tanta sequedad. Durante el trayecto, grupos de niños se tiran al coche a vender dátiles o aceitunas que llevan dentro de cubos azules. La primera vez les duele, la segunda les duele, la tercera les duele, la cuarta les duele, la quinta aceleran. Les duele aún más. Paran el coche. Retroceden. ¿En qué momento se les ha ocurrido acelerar? ¿En qué momento han pasado por encima de una hilera de zapatillas de niños pequeños sin parar el puto coche? ¿En qué momento han decidido venir aquí? Le agarra una pertenencia que no sabe de cuándo. Una niña morena de unos seis años la mira. Los ojos azules. Piel de sol. Una potencia. Una raíz.

Hace mucho calor. Demasiado. El cuerpo al límite.

Han reservado en un hotelito muy bonito en medio del Atlas de Marruecos. Marhba. Un hotelito con piscina en medio del Atlas de Marruecos. Llegan al hotelito y un señor en un cochecito de esos que parecen de campo de golf les recoge las maletas y las acompaña a sus habitaciones con aire acondicionado en un hotelito con piscina en medio de la cordillera.

Hace mucho calor. Demasiado. El cuerpo al límite.

Ella quiere un zumo. Tiene mucho calor y quiere un zumo. Viene del desierto aunque allí se haya quedado y quiere un zumo. Pide el zumo a uno de los quince camareros que hay de pie alrededor de la piscina esperando que alguna turista imbécil con pasaporte apto les pida un zumito. De limón por favor. *Shukran*.

صهط بزاف

Empieza a calentarse mucho. Empieza a enfadarse demasiado. No está pudiendo controlarlo. No está pudiendo hacer sus ejercicios de respiración para parar el guantazo. Hace demasiado calor y no le traen el puto zumito. No quiere meterse en el agua. No le vale la piscina. Ella quiere su puto zumito. Se asfixia aunque intenta disimularlo. Hace mucho esfuerzo en que no se note, pero por dentro las placas están chocando. No entiende por qué, estando en un puto sitio tan pijo, no le han traído ya el puto zumito. Un anzuelo que se le agarra al útero. Podría ser ella misma. En esta tierra. Algo familiar pero no sabe de cuándo. 45 °C. La ira le sobrevuela. La herida abierta. La familia. Podría ser ella misma. La niña. Los ojos azules. Las zapatillas. El pasaporte. Volver a casa. ¿Qué casa? Está incómoda. Algo aquí que le pertenece. Algo aquí que es suyo. Algo familiar. Algo que le aprieta demasiado en la garganta, pero le imposibilita el grito. Está sudando demasiado y no le traen el puto zumo. La herida abierta. La familia. Ella misma. Le tiemblan las manos. Algo familiar. La niña de ojos azules en medio de la cordillera. Sus ojos. No es capaz de meterse en la piscina. No quiere. No es justo. No quiere el descanso. No quiere la calma.

No es capaz de meter los pies en la piscina para aliviar el ardor que tiene en el esófago.

Hace mucho calor. Demasiado. El cuerpo al límite.

Nadie fuera se da cuenta de lo que le está pasando salvo Alis. Nadie que escuche la asfixia. Nadie que la vea temblar. Nadie que se dé cuenta de que está abierta y que el dolor en el útero le impide abrir los ojos. Suena la llamada a la oración.

Ella hace un esfuerzo enorme porque no parezca que está pasando lo que está pasando. Para que nadie se dé cuenta de que va a morirse. Un esfuerzo enorme por mantenerse aquí en esta tierra sin que nadie sospeche que está a punto de quemarse a lo bonzo. Un esfuerzo titánico. La herida abierta. Está a punto de caer abajo, debajo de debajo de debajo de la arena. Un impulso hacia el final de todo. Hacia el descanso.

Alis la observa. Sabe que de algún modo tiene que accionar. Sabe que quizá la única manera de sacarla de ahí es reventándole el cuerpo. Abriéndole la herida y apretando. Sabe que, si ahora ella no mueve ficha, puede que su amiga no vuelva de aquí. Puede que a su amiga se le doble el cerebro. La mira y ve cómo ella está absorta en el horizonte mientras le tiemblan las manos. Algo fuerte está pasando ahí dentro. La ira, la rabia, la violencia. Hacia sí misma. Sobre todo hacia sí misma. La única forma de sacarla de ese horizonte es usando la misma ira, la misma rabia, la misma violencia. Alis respira y decide reventarle el corazón a su amiga. Sabe perfectamente desde qué lugar tiene que hablarle y sabe, además, que cualquier cosa que le diga va a ir directa a la raíz, porque ella es la persona en la que más confía. Sabe pues, que la violencia que va a ejercer para sacar la pus puede que haga que su amistad se termine para siempre. Sabe que ejercer ese tipo de violencia con ella es hacer exactamente lo mismo que tanto odian, que tanto daño les ha hecho. Sabe que tiene que acorralarla, dejarla sin argumentos.

Hace mucho calor. Demasiado. El cuerpo al límite.

Ella vuelve hacia la tumbona incapaz de meterse en la piscina. Es una masoquista en potencia. Le cuenta a Alis que acaba de tener una idea sobre un espectáculo. Una pieza que gire en torno a por qué no hay que tener hijos. Justifica su propuesta con una oratoria perfecta. Unas eses muy bien pronunciadas. Alis calla y sabe que cuando ella habla un perfecto castellano es que algo no va bien. Está dispuesta a atacar. Observa cómo le tiemblan las manos y cómo a cada palabra está menos aquí. O quizá demasiado. Es el momento del amor extremo. De la máxima apertura. Una palabra. Una frase. Algo que la destroce. Alis también está al borde, pero con un deseo contrario. Un deseo de encontrar un espacio que asegure que todo puede ir bien. Que todo va a estar bien.

Hace mucho calor. Demasiado. El cuerpo al límite.

Me dará mucha pena cuando te mueras, pero tengo que desapegarme de la idea de que sigas viva.

No tuvo que decir nada más. Ella supo perfectamente lo que estaba haciendo. Se lo dijo. Le dijo que sabía perfectamente lo que estaba haciendo. Que estaba ejerciendo la violencia más extrema. Esa que solo surge del amor más puro. Y reventó. Y cayó al fondo. Se dejó romper. La garganta le ardía. Bajó al fondo de sí misma y se rindió. Y aunque en ese momento no fue consciente, esa tarde a 45 °C en medio de un hotelito con piscina en medio del Atlas de Marruecos, decidió no morirse.

Y no le trajeron el puto zumo.

Dos semanas después recibe un mensaje de Ibrahim en el que le cuenta que el terremoto en el Alto Atlas ha matado al menos a 2960 personas. Entre ellas, su hermana.

La niña de ojos azules.

La primera explotó antes de las 07:37

Escucho un ruido fuera del baño. Una especie de golpe seco que me saca rápidamente de esa especie de fantasía en la que me he metido. ¿Qué hago aquí? Me despierto con taquicardia, aunque ni siquiera estoy dormida. Un golpe seco fuera del baño. PAM.

Me separo de Judith, que así es como se llama la muchachina del pelo corto y el pendiente en el labio. No sé cuánto tiempo llevamos dentro, pero pa mí no han pasao ni dos minutos. Me estaba besando con tanta ternura que la grieta empieza a abrirse y siento esa corriente que genera escalofríos en la nuca e invade la sangre y la calienta. Me siento arder con toda la calma del mundo. Siento to el calor que cura y que permite unos segundos de descanso. Que relaja el diafragma y ablanda los impulsos eléctricos del cerebro. No siento el impacto que rompe los cristales. No estoy alerta. Error. Yo, que ya tenía experiencia en los golpes, debía haber presentido una mijina aunque sea, que cuando te despistas, cuando te descuidas y relajas, el huracán golpea y te hace saltar por los aires.

El golpe me asusta y me separo de Judith. Vámonos ya, enga. Salimos del baño creyendo no levantar sospechas porque nadie desconfía de dos mujeres entrando al baño juntas. Nos miramos en el espejo y me doy cuenta de que tengo la cabeza llena de agua. El pelo empapao. A lo lejos escucho *El señor de la noche*, de Don Omar. Es mitad hombre mitad animal.

Empiezo a no sentir mis manos. No puedo mirar a Judith, no puedo. No puedo. Pego un portazo y salgo. Está oscuro. Luz estroboscópica. A lo lejos, al fondo de la discoteca, como una pantera inmensa que se mueve entre el pánico y la furia, está el Santi mirándome. La mirada oscura, peligrosa. Ha sido él. El golpe en la puerta. Lo sabe. Le quito la mirada y me voy a la barra. Dos chupitos de absenta, por favor. Uno y dos. De golpe. Siento la tráquea arder. Ponme otro. De nuevo arde. Siento un pinchazo en el esternón. Aguanto el golpe. Miro donde estaba el Santi. Ya no está ahí. Lo busco. No está. Abro el bolso y saco el paquete de tabaco. Saco un cigarro. ¿Me das uno?

Lleva puesta una camiseta negra de licra muy ajustada. Siempre el mismo estilo. Pantalón vaquero y camiseta del Bershka blanca o negra. En este tiempo se ha puesto un poco más fibrao. Marcando tríceps. Se le notan las venas del brazo. Acho, está guapo, pero tiene que tener cuidao y no ponerse más tocho porque, con lo bajino que es, va a parecer un cruasán. Las cejas anchas y la nariz fina. Un pendiente plata en la oreja. Para. No. Está guapo. Dame fuego que no tengo. Saca el mechero y lo prende. La boca. Me enciendo el cigarro mientras lo miro. El fuego. Aguanta la llama. Me mira mientras enciendo el piti. Un tiempo largo. Estás muy guapa. Sonríe y me fijo en sus colmillos. Mierda. Está guapo. Me gustaría bailar contigo. Un poco. Como antes. Un poco. Contigo. Como antes. Me. Gustaría. Bailar. Contigo. No. Yo. Ahora. Me. Voy. Y. Bailaré. Sola. Porque. No. Puedo. Quedarme. Aquí. Porque. No. Estoy. Pensando. Bien. Porque. No. Estoy. Pensando. Cosas. Buenas. Porque. Quiero. Besarte. Y. Eso. No. Porque. Me. Juré. Que.

No. Y. Ahora. Yo. Me. Voy. Y. Quiero. Bailar. Sola. Y. Podría. Morderte. Podría. Arrancarte. La. Lengua. Con. Mis. Dientes. Y. Besarte. Y. Llenarme. La. Boca. De. Sangre. Escupir. Tu. Sangre. Manchar. Mi. Cuello. Tu. Clavícula. Tus. Morros. Carnosos. Besarlos. Quiero. Ahora. Me. Tengo. Que. Ir. Gracias. Por. El. Fuego.

Subo a la plataforma que hay en el centro de la 4ever y me agarro con las manos a la barandilla de metal pa no caerme. Cierro los ojos y bailo. Alguien me da un poco de Brugal cola de su copa. Creo que es Sole. Necesito algo más. Algo más fuerte. Tengo los altavoces justo detrás y siento fuerte en el pecho los graves de Don Omar. Mi cuerpo se revuelve y me muevo fuerte. A golpes. Otro cigarro. El humo. Me llena. Los pulmones. Y me quita. La pena. Sé. Que. El. Santi. Me. Está. Mirando. Judith. Me. Está. Mirando. El. Santi. Está. Mirando. A. Judith. Judith. Está. Mirándome. El. Santi. Me. Está. Mirando. Lo. Veo. Aunque. Tengo. Los. Ojos. Cerrados. Me. Quema. La. Garganta. Otro. Cigarro. Alguien. Me. Da. Un. Trago. De. Ron. Cola. Creo. Que. Es. La. Tati. Golpe. Suena. La. Música. Retumba. En. Mi. Tráquea. Me. Cuesta. Respirar. Abro. El. Pecho. No. Entra. Aire. Tengo. Agua. En. La. Cabeza. Blanco. Y. Negro. Una. Pantera. Me. Mira. Yo. Me. Dejo. Mirar. Yo. Te. Obligo. A. Mirar. Yo. Te. Obligo. Te. Humillo. Te. Aplasto. Yo. Estoy. Aquí. A. Punto. De. Dividirme. En. Las. Dos. A. Punto. De. Dejar. De. Ser. Un. Cuerpo. Y. Salir. De. Aquí. Alguien. Me. Da. Un. Trago. De. Ron. Cola. Creo. Que. Es. Mi. Prima. Estoy. Sola. Aquí. Arriba. Rodeada. De. Partes. De. Cuerpos. Inconexos. Caras. Brazos. Piernas. Narices. Ojos. Que. Me. Miran. Pero. No. Me. Ven. Yo. Estoy. Aquí. Sola. Rodeada. De. Sed. Soy. La. Sed. Del. Mundo. Soy. El. Hambre. Soy. El. Cuchillo. Que. Se. Clava. En. La. Garganta. Soy. El. Cuchillo. Que. Se. Clava. En. El. Esternón. En. El. Diafragma. Estoy. Aquí. Subo. La. Cabeza. Hacia. Arriba. Siento. Su. Luz. Entrando. Por. Mi. Frente. Siento. El. Calor. De. Un. Rayo. Que. Atraviesa. Mi. Cerebro. Siento. A. Todas. Las. Mujeres. La. Herida. La. Sangre. La. Ira. Siento. La. Tragedia. La. Catarsis. Las. Columnas. La. Piedra. Las. Violaciones. Mientras. Casandra. Bailo. Reguetón. Las. Furias. Las. Erinias. Todas. Las. Ofensas. Electra. El. Perjurio. Los. Crímenes. La. Locura. La. Venganza. Medea. Clitemnestra. Incluso. Ofelia. Retumba. En. Mi. Estómago. Me. Empuja. Otro. Cigarro. Me. Asfixio. No. Puedo. Abrir. El. Pecho. Porque. Todas. Están. Dentro. Quiero. Besarle. Quiero. Que. Me. Agarre. La. Cintura. Que. Me. Agarre. La. Nuca. Que. Mire. Bailo. Porque. Ya. No. Sé. Hacer. Otra. Cosa. Porque. Quizá. Llueva. Porque. Falta. Agua. En. El. Río. Porque. Aún. Marcan. 33 °C. Son. Las. Cinco. De. La. Mañana. Golpea. Fuerte. En. Mi. Boca. Quiero. Besarle. A ella. A. Él. Algo. Límite. Qué. Bien. Estoy. Aquí. Quiero. La. Brutalidad. La. Profanación. La. Energía. Condensada. Y. Explotando. Como. Un. Atentado. Terrorista. O. De. Estado. Un. Atentado. Terrorista. De. Estado. La. Vehemencia. La. Turbación. La. Virulencia. Un. Virus. Soy. Un. Virus. La. Crueldad. Bailo. Reguetón. Aquí. Sin. Poder. Abrir. El. Diafragma. Y. Abro. Los. Ojos. Y. Busco. Al. Santi. Al. Fondo. La. Pantera. Me. Está. Mirando. Le. Sonrío. Con. Los. Dientes. Con. Los. Dientes. Al. Fondo. La. Música. La. Vibración. Los Gritos. El Pánico. La Alegría. La Embriaguez.

Bajo de la plataforma. Lo busco. Atravieso la 4ever. Aquí está. Apoyado en una columna negra. La pantera. Está guapo. Está muy guapo. Siento un alivio repentino. Un vacío. Me siento ligera. Floto. Está muy guapo. Está guapísimo. Tengo agua en la cabeza. Me acerco lo suficiente como pa que no me vea. Pa que no me mire a los ojos. Me acerco suave a su oído mientras le agarro la cintura. El agarra mi nuca. No sé dónde está la Susi ni me importa. Me importa una mierda dónde estén todas. Mis amigas. Que se vayan. A mí como si ahora mismo las han matado a todas. Como si ahora mismo aquí cae una bomba o entran tres tarados con pistolas y abren fuego. A mí como si ahora impacta el silencio y solo escuchásemos el sonido de los móviles sonando por las llamadas de unos padres asustados porque quizá sus hijos han muerto. Los han asesinado. Ahora siento la suficiente calma en el pecho. Algo se abre un poco. Siento la grieta abriéndose y dejando entrar el furor y el éxtasis. El ataque dispuesto. Preparado. Estoy extasiada. El éxtasis. Un orgasmo de santa. El placer de los dientes de la pantera. Su respiración en mi oído. El silencio. No escucho nada. Tampoco percibo la vibración de los altavoces que hay en la 4ever. La luz es roja. Los focos me apuntan pero todo está quieto. Como si le hubiésemos dado al *pause* a todo lo que está fuera. Ahí fuera. Le agarro la cintura y me acerco un poco más a su boca. Le echo el humo en la boca despacio. El abre la boca e inhala en uno, dos, tres, cuatro. Repite la misma acción conmigo. Me pasa el humo que trago en uno, dos, tres, cuatro.

Vámonos de aquí. Creo que afuera llueve.

Y hete aquí, delante de todas las que como tú recuerdan, aprendiendo de clemencia y de valor. Hete aquí, delante de ti misma, asumiendo el amor recibido, que fue inmenso, que te trajo hasta aquí. Por eso, Señora de la Resurrección, acaricia mi nuca nuevamente, déjame llevarte con un vestido largo y consagrarte en celebración de todas. Una y otra vez.

Semiótica

Varias cosas:

1. La vida mejora con una aspiradora.

2. Dicen que Dios está en todas partes, pero que tiene su sede en Buenos Aires.

3. En 1998 comenzó la construcción de la actual valla de Melilla.

4. La limonada, sin azúcar, por favor.

5. *Politiké techne* es el arte propio de los ciudadanos y el arte social. La política. El arte.

Es increíble la capacidad que tiene un cuerpo de sostenerte, de que no termines esparcida en medio del piso. Este cuerpo que es mío y que me sostiene debe ser bendecido, celebrado, ritualizado. Este cuerpo que es mío me descansa.

Aceptar lo que es, aceptar y rendirse. Un ratito. El descanso.

En celebración de mí, de haber elegido estar aquí, me daré un baño con sales y velas. He decidido estar aquí. Estar aquí es la hostia. La opción de no estar es no estar y me bloquea la garganta y me paraliza las palabras. Es que estar aquí es la hostia. Decidir quedarse, decidir sentarte en ti misma y rendirse. Rendirse es una acción que libera. Una acción posible aun cuando sabes que todo fuera parece romperse, aun cuando sabes que todo fuera es ruido y asfixia. Escribir desde la luz es mucho más difícil que dejar salir las sombras. Puedo elegir hacerlo, puedo elegir la perspectiva. Solo es posible mentir en el tiempo exacto.

Puedo ver Madrid desde arriba mientras el avión desciende y se prepara para aterrizar. Siento una ternura inmensa al ver la que no es mi ciudad pero que me pertenece. Madrid tiene eso, que te hace parte, te acompaña y te permite representarla. Te zarandea y te revuelve, sí, te exige, sí, pero Madrid acoge, sí. Madrid también acoge. Cuando quiere. Madrid como herida. Madrid como refugio. Puedo ver la tierra fragmentada desde aquí arriba. El empeño por fragmentar la tierra. La división humana. El ojo no siendo capaz de lo inmenso. Es imposible aceptar que el mundo está encerrado en estos límites. No puede ser materia una frontera ni una verja. Cualquier límite espacial es una mentira, una conjetura, una idea. Las definiciones no sirven si aceptas el asombro ante lo inconmensurable. Entender que no hay centro porque es imposible un centro de todo esto. Que nada puede ser del todo verdad, pues toda verdad lleva en sí su propia negación, pero que nada es del todo mentira porque todo lo que puede existir existe. Que hemos elegido nuestra visión del mundo desde la física, la geometría o las matemáticas, pero que es imposible mantenerse fiel a una única forma de visión.

Y en medio de todo esto, la consciencia, la luz y la gravedad.

Tengo ganas de subir a mi terraza, desde donde suelo ver salir la luna. Naranja e inmensa. Tengo ganas de llegar a mi casa y encender la lámpara de sal, sentarme en el sofá que llevo años queriendo cambiar, pero que no lo hago porque esto es un tránsito. ¿Lo es? Tengo ganas de colocar en mis diferentes altares los amuletos que he ido trayendo de los diferentes países que me han atravesado durante la gira. Guadalupe de México, que se hermana con mi tierra. Con ella traigo también la experiencia y el ardor de las pirámides de Teotihuacán. Una estampita azul con la imagen de una construcción dorada que apunta hacia arriba que compré en un centro budista en el barrio de Palermo de Buenos Aires en el que se puede leer *Estupa, símbolo de la mente de buda, si realizas tu propia mente, te convertirás en un Buda, no busques la budeidad en ningún otro lugar.* Buenos Aires se mezcla con la jacaranda. La Argentina mantiene la resistencia en la plaza de Mayo cada jueves desde el 30 de abril de 1977 en la que las Madres dieron su primera ronda para reclamar la aparición con vida de sus hijos secuestrados por la última dictadura cívico-militar. Hebe de Bonafini sin estar ya cada jueves. Pañuelo blanco y letra azul. Allí las ví, girando y girando y girando y girando y girando.

De Montevideo me traje el poemario completo de Cristina Peri Rossi y yerba mate. También cierta sensación de alivio, de tarde en la rambla. Montevideo es el Monte VI de este a oeste, información que me dio un taxista cubano que llevaba diecisiete años enamorado del Uruguay. Solo tres millones de personas en todo el país. Un buen lugar donde refugiarse cuando llegue el momento. Cuando lo cíclico vuelva a sacudir Europa. Cuando la decadencia de la falsedad del progreso nos aplaste. De Marruecos traigo un pañuelo azul y una decisión. Inmaterial y corpuscular. Un desierto.

Las luces de esta ciudad viajan rápido en este taxi que me lleva desde la T4 hasta mi terraza. Barrio Sur. Llevo fuera de casa mucho tiempo. Me fui hace años, me fui hace unos meses.

Ayer mismo. Enciendo mis cascos y cambio la tarjeta SIM que he tenido estos meses en el teléfono mientras estaba fuera. He creado varias listas que escucharé para recordarme allí. En todos estos lugares que ya me habitan. Recordarme en la primavera de noviembre o en el desierto. Una milonga, un cuscús, un cóndor. Hay cambios profundos en mí. Hay decisiones que van a sostenerme a partir de ahora. Todo está bien. Siento una melancolía del propio presente al ser consciente de este trayecto que me trae de nuevo. Fuera de la M-30. Barrio Sur. Regreso.

Abro la mochila y busco las llaves de casa mientras pienso y deseo que, por favor, mi amigo Alberto haya pasado a regar las plantas. Un llavero naranja que pone TKM y otro de Cactus de *Las Supernenas* me recuerdan esa parte. Esa parte que sigue aquí.

CoNmiGo.

Está diluviando

Saco de la mano a la pantera de la 4ever. Tengo la cabeza llena de agua. Afuera está lloviendo un poco, aunque se avecina algo más grande. Será extrema y dura. Fuera también el silencio. Una especie de procesión del silencio de madrugá sin virgen ni cristo al que cantar una de esas saetas que entonan las gitanas desde las ventanas de la plaza de la Soledad. El cielo está oscuro, aunque lo atraviesa una línea blanca que explota. Un pitido atraviesa mi cráneo. Impulsos eléctricos que se envían de neurona a neurona. Coleta alta y ojeras. Una carga eléctrica. Un pitido constante. Demasiado cansada. Una sinapsis con lo que hay fuera. *Amenaza tormenta.*

La moto está enfrente de la puerta. Le digo que la llevo yo. Conduzco yo. No le hace ni pizca de gracia, pero cede y me tira las llaves que agarro en un solo movimiento. Quito la pitón de la puta moto y le hago una señal pa que suba. Sube. Hace calor. Un calor pegajoso como un sapo o como el aceite que se queda al fondo de la sartén. Ahí abajo es negro y pegajoso. Esta humedad en esta ciudad es extraña. No sé qué hora es ni me importa. Sé que está oscuro y que aún no amanece. Blanco sobre negro. No me pongo el casco de la moto porque me la suda y porque quiero sentir el impacto de las gotas del agua en mi frente. Siento una tranquilidad inmensa. Sentir algo, aunque sea el agua. No escucho lo que dice la pantera. Murmulla algo mientras me agarra la cintura. No escucho y solo percibo las sensaciones físicas básicas. Calor. PuTo CaLoR.

Salimos de la Urba y cruzamos el Puente Real. A mi derecha el tanatorio, Portugal y también el descampao donde ponen el mercadillo los martes a donde suelo ir con mi abuela a comprar bragas y aceitunas violás. Calor en las entrañas, en la vesícula, en el hígado, en los ovarios, en las manos, en la boca. Calor en los ojos, en las sienes, en la garganta. Los ojos muy abiertos. Me quemo. Me estoy quemando. Hay algo que está fuera. El rayo. La luz que no llega. Que no nos parte. La mirada lejos, lejísimos, buscando que desde allí arriba caigan piedras que aplasten la moto. Que caigan piedras del cielo. Podría volcar aquí, en el Puente Real, caer al Guadiana y hundirnos entre las jeringuillas de heroína que consumían los yonquis en los ochenta. Que se me claven y me abran la garganta. Que el líquido inunde mi tráquea y la del cuerpo que tengo agarrao a la cintura. Estoy tan feliz. La mirada lejos. Lejísimos.

Me besa el cuello. Me muerde suave la clavícula. La luz está llegando. Atravesamos Valdepasillas y escucho que dice algo. No respondo. Pero no voy hacia su casa. No voy a girar a la derecha. Continúo y dejo a la derecha el cementerio viejo donde fueron fusilados cientos de cuerpos en el 36. Han tapado los agujeros. Siempre hay que tapar los agujeros, no vaya a ser que salga la sangre a borbotones y sea insoportable el olor. Huele a tierra mojá. ¿Han entrado los cuatro tarados con pistolas a la discoteca y han matado a mis amigas? No veo las estrellas pero hay un punto blanco de luz al fondo que parece a punto de explotar. Una supernova quizá. Una explosión que transforme to esta oscuridá en un cielo blanco que nos ciegue. Una cantidad enorme de energía que colisione en nuestras córneas y nos ciegue. Un CieLo bLaNcO. Una masa de aire caliente en un cielo blanco. Un final entre humedá y saliva. Siento su saliva en mi nuca. Pero no siento lo que eso significa.

El agua. El calor. Las brasas. El infierno. La calma extrema del fuego. El tabaco. El humo. Un cigarro. Saco un cigarro del bolso mientras conduzco. Dame fuego. Enciende el mechero y lo acerca al piti. Inhalo fuerte. El humo entrando en mi garganta. El cielo oscuro. Medea. Lo que más amo. Quiero escuchar música. Quiero escuchar Britney Spears. *Oh baby baby*.

Give me a siiiiiiiiiiiiiiiiiiiiiiiiiiiiiiiiiii-
iiiiiiiiiiiiiiiiiiiiiiiiiiiiiiiiiiiiiiiiiiiiiiiiiiii-
iiiiiiiiiiiiiiiiiiiiiiiiiiiiiiiiiiiiiiiiiiiiiiiiiiii-
iiiiiiiiiiiiiiiiiiiiiiiiiiiiiiiiiiiiiiiiiiiiiiiiiiii-
iiiiiiiiiiiiiiiiiiiiiiiiiiiiiiiiiiiiiiiiiiiiiiiiiiii-
iiiiiiiiiiiiiiiiiiiiiignnnn.

Quiero despegar. Al límite de velocidad de este aparato con ruedas y subir arriba. Hacia arriba.

Siento el agua en la cara, en los ojos. Dentro de los ojos. La garganta abierta. Cruzamos el Continente, que la gente ya está empezando a llamar Carrefour, pero que yo siempre llamaré Continente. Cruzamos el Cerro de Reyes, donde está la iglesia a la que vengo siempre con mi familia a la misa del gallo. UnaNocheBuena. Dime por qué no hacerte pagar. No hay indicios de que amanezca pronto. No sé qué hora es ni me putoimporta. Cruzamos Las Malvinas, ya sé que es Suerte de Saavedra, pero aquí la suerte que la busquen. Algo está ardiendo.

Está lloviendo, pero el agua no apaga las llamas. Giro con la moto a la derecha y me dirijo hacia San Isidro, donde suelo salir a correr con mi padre o a hacer barbacoa los domingos. Las brasas. El incendio. Es allí detrás. Donde el matadero, donde los cerdos. La dehesa extremeña. En el campo está el matadero. ¿Estarán ardiendo los cerdos? Dormirán en las alfombras. Un golpe. Un bozal. Un ruido. Llévame allí a bailar. Le digo. Vamos. Noche oscura. Tic tac. Impulsos eléctricos en mi cabeza. Golpes eléctricos. Calambre. Golpes. Fuertes. En. Mi. Cabeza. Mi. Pecho. Está. En. Calma. Mis. Manos. Están. Calientes. La cara de mi madre. Yo estaba ahí. Por ellas. Mientras me besa el cuello. La saliva. Mi. Cuerpo. Está. Sutil. Mis. Venas. Están. En. Calma. No. Noto. Nada. Dentro. Solo. Calor. Estoy eufórica. Estoy en blanco. He dejado a una mujer morena en el baño de una discoteca. He dejado a una mujer morena con un pendiente de aro en el labio en el baño de una discoteca. Tú no me conoces. Tú no sabes que yo de pequeña movía naranjas con la mente. Tú no me has visto vomitar. Llevo en la cintura un explosivo. Ella era suave y tú estás lleno de pelo negro. Qué guapo está. Siento su mano en mi cintura. Me duele la boca. Siento un líquido en mi boca. Pero no siento lo que eso significa. Helado de chocolate. Piedras. Mis dientes. Estoy bailando en la plataforma con las manos pegadas a la barandilla de metal. Cerradas las compuertas. Qué guapo está el Santi con su camiseta de licra negra. Lleva un collar de perlas. Huelo su perfume. Solo. Hombre. Hombre. Tengo hambre. Lleva un collar de perlas.

Aparco la moto frente a las cochineras. El metal está oxidado. El aire está caliente. No se ven estrellas, solo el punto de luz allí arriba. Inmenso. A punto de explotar. Agua. Llueve un poco más fuerte. Beso al Santi con suavidad. Su saliva me llena la boca. Un tiempo largo. Detenido. Sabe a limón y a hachís. A bellota. Huele a nicotina mezclada con perfume dulce. Ese olor que me persigue por la calle Menacho o por el parque Pitusa. Su olor. Ese olor. Me muerde el cuello despacio. Me acaricia la espalda. Sus manos están suaves, como las de todos los pijos de esta ciudad mía. Mi casa. Sus manos no tienen callos, no ha cogido un ladrillo en su vida. No ha recogido fruta. Ni ha estirado las sábanas de su cama. Sus manos están suaves y me acaricia la espalda, pero no siento lo que eso significa. Le beso. Le beso. Le beso. Le beso. Me besa. Me besa. Me besa. Me besa pero no siento lo que eso significa. Estoy bailando en la plataforma con las manos pegadas a la barandilla de metal. Luz roja.

Sus manos suaves en mi cuello. Su olor. Su saliva. Mete su mano en mi pantalón. Un relámpago. La noche está acabando. Un azul un poco más claro. Estamos empapados encima de la moto en medio de San Isidro enfrente de los cerdos. Huele a encina y alcornoque. Huele a tierra mojá. Huele a pocilga y a bellotas. Mis zapatillas blancas están comías de mierda. Es el barro. Sus zapatillas blancas están comías de mierda. Es el barro. Su mano en mi cintura. Mi mano en su cuello. Debajo de las costillas un bulto. Una bola de acero ardiendo. Dentro de la garganta, un cuchillo. Que. Se. Me. Clava. Su. Cinturón. En. La. Cadera. Poco. Espacio. No. Puedo. Abrir. El. Pecho. Te. Echaba. De. Menos. Me. Dice. Tengo. Ganas. De. Vomitar. La. Luz. Está. Llegando. Los. Cerdos. Chillan.

Te echaba de menos. Mucho. Me dice. Sonrío. Un impacto en mis costillas. Te KieRo cOn lA LoCuRa De Un lOcO EnAmoRaDo. Sonrío. No te vayas mañana. No puedes irte mañana. Yo puedo arreglarte la vida. Mi familia tiene dinero y puedes vivir como una señora conmigo. Yo te amo. Eres la mujer de mi vida y yo sé perfectamente que esta conexión nuestra será imposible con cualquier otra persona. Tú lo sabes. Impacto en mis costillas. Tú sabes perfectamente que, si te vas a esa ciudad, no vas a conseguir nada. Vas a ser una fracasada y vas a volver con el rabo entre las piernas. Pero entonces yo ya no estaré. Es imposible que consigas ser bailarina o cualquier de esas cosas que se te meten en la cabeza. Yo sé que este sitio se te queda pequeño. Pero podemos irnos donde queramos. A Marbella, por ejemplo. Mi madre tiene una casa en Marbella y ella puede dejarnos vivir allí y olvidarnos de todo lo que ha pasado. Estar allí enfrente del mar y olvidarnos de todo lo que hemos hecho. Allí podríamos empezar una nueva vida. Escaparnos. Yo también estoy hasta los huevos de estar aquí. Impacto en las costillas. Pero yo puedo regalarte una buena vida. Si te vas a Madrid, vas a ser una fracasada amargada fracasada amargada fracasada amargada. Te quiero. Me besa. Me besa. Su saliva. No siento lo que eso significa. Sus manos suaves en mi cuello. Su olor. Su saliva. Mete su mano en mi pantalón. Un relámpago. La noche está acabando. Un azul un poco más claro. Todo se repite. Estamos empapados encima de la moto en medio de San Isidro enfrente de los cerdos. Huele a encina y alcornoque. Huele a tierra mojá. Huele a pocilga y a bellotas. Todo se repite. Mis zapatillas blancas están comías de mierda. Sus zapatillas blancas están comías de mierda. Barro. Su mano en mi cintura. Mi mano en su cuello. Todo se repite. Debajo de las costillas un bulto. Una bola de acero ardiendo. Dentro de la garganta un cuchillo. Que. Se. Me. Clava. Su. Cinturón. En. La. Cadera. Poco. Espacio. No. Puedo. Abrir. El. Pecho. Te. Echaba. De. Menos. Me. Dice. Tengo. Ganas. De. Vomitar. La. Luz. Está. Llegando. Los. Cerdos.

Está amaneciendo. Aún no ha salido el sol pero ya puedo ver la cara de la pantera. Está guapo. Está guapísimo. Nariz fina. *Moreno de verde luna*. Leonardo. *Me fui con otro, me fui, pero tú también te hubieras ido*. He dejado a una muchacha en el baño de una discoteca. No soy de aquí. Dice. Vengo a ver a mi abuela. Y a pasar calor, le digo. Sonríe. Mi cumpleaños. Hoy no voy a vomitar. Hoy estoy bailando en una plataforma agarrada a una barandilla de metal. Estás guapísima. Me dice. Huele a romero. Una grieta en el sistema. Algo que se cuela. Algo. Que. Se. Rompe. Dentro. Y. Ya. No. Ya. Nunca. Más. Intenté olvidarlo. Pero siempre vuelve. Siempre vuelve. Otro día más. Ojalá diluvie ahora mismo. Ojalá me ahogue aquí. La pantera es como un río oscuro. Me arrastra. Calla. *Cisne redondo en el río*. Esta noche mi cara está roja. No puedes escaparte. No puedes. Ahora. Ya. No. No escuchaste el tic tac. *Mis rayos han de entrar por todas partes. Give me baby one more time*. La luna. Ahí sigue. La luna. Con los dientes. Cristales en la lengua.

Yo le busqué. Yo le saqué de la 4ever. Yo fui. Yo misma. He dejado a una muchacha en el cuarto de baño de una discoteca con la corona puesta. Las manos frías. aGuA En La CaBeZa. Inundarlo todo. La ciudad entera bajo el agua. El incendio. La ciudad entera arde. Mi cuello. Santi me sigue besando el cuello. Una luz febril ilumina el cielo. Miro hacia arriba. Abro los ojos pero no siento lo que eso significa. Se me han hinchao las venas pero no siento lo que eso significa. Un abismo.

dObLéGaTe.

Las vallas que separan el campo de las cochineras están destrozadas. La verja está medio rota. Vamos pa dentro. Le digo. Puedes meter la moto. No hay nadie. Hoy es domingo y el domingo es día de Dios y es día de to cerrao. A nadie se le ocurre venir a estas horas aquí porque hoy no se trabaja. Es muy temprano o demasiado tarde. Vendrán luego a las barbacoas. Vamos dentro que no me quiero mojar más. Quiero ver a los cerdos. Quiero besarte entre los cerdos. Quiero bailar entre los cerdos. Déjame ser un experimento. Tengo mi MP4 aquí y anoche metí canciones nuevas pa mi viaje. Fui a casa de mi prima y descargamos en el Emule canciones nuevas pa mi viaje. Comer. Tengo hambre. Un cigarro. Tengo aquí mi MP4 y he metío canciones de Beyoncé y de Los Yakis pa mi viaje. Estoy tan feliz. Estoy fuera. Allí arriba. Algo. Se. Está. Quedando. Quieto. En. Mi. Cabeza. Un. Pitido. Una. Frecuencia. Extraña. Que no reconozco. Pero. No. Siento. Nada. Solo. La. Espada.

Micabezavaaexplotar. Micabezavaaexplotar.
Sientomuchaenergíaaquídentrodemicabeza.
Sientomuchaenergíacondensadaaquídentrodemicabeza.
La boca me sabe a hierro.
La boca.
Me.
Sabe.
A.
Hierro.

Entramos. Los cerdos están en sus pocilgas dormíos en alfombras rojas. Yo necesito silencio. La pantera y yo bajamos de la moto. Él se ríe y me dice que le encanta que estemos aquí. Se siente poderoso. Se siente clavao en el suelo. No hay nadie. Lleva un collar de perlas blancas y sé perfectamente lo que esto significa. Me quedo de pie. Quieta. Callada. Mirando al techo. Hay una gotera en el centro y el agua se cuela. Gota. A. Gota. En. Mi. Cabeza.

Un cerdo chilla. Otro está revolcándose en el barro. El resto duermen en sus putas celdas. Los miro. Me dan pena. Me besa. Me agarra la cintura. Solo me importas tú. Solo. Siempre. Solo me has importado tú. Solo tú. No sé muy bien qué te pasa y por qué no hablas. ¿Por qué no hablas? Me dice mientras me suelta la cintura. Camina dando vueltas. Un círculo perfecto. Se lleva la mano derecha al bolsillo y saca un paquete de tabaco. El mechero es plateado. Metálico. Se enciende el piti. No sabes lo que te he echao de menos este tiempo. Lo siento. Perdóname. Pero es que yo quería tener un hijo contigo. Me dice.

Yo quería tener un hijo contigo y lo mataste.

Miro a las sombras y agarro la pitón de la moto. Peligro. Cables de alta tensión. La pantera está de espaldas echando humo por la nariz. Coge el cigarro casi con la palma de la mano y da caladas profundas. La luz naranja contrasta con el gris de este sitio.

Silencio. Inspiro en uno, dos, tres, cuatro. Apnea. Espiro en cinco, seis, siete, ocho.

Le reviento la espalda con la pitón de la moto. Una, dos, tres, cuatro veces. Golpeo con fuerza. *Hit me baby*. Cinco, seis, siete, ocho. Los cerdos chillan. La colilla cae al suelo al ladito de la cara de la pantera encima de un montón de paja seca. Quiero bailar. Una barbacoa. Una fuerza corrosiva. Abrasiva. Siento calor en el pecho. En el estómago. En la garganta. ¿Morirá quemado? ¿Le matarán los golpes? ¿Le meto la cabeza en la charca de los cerdos? Que se ahogue. Que se ahogue entre mierda. Un rayo impacta sobre mi cabeza. La luz. El agua. El fuego. Una tristeza profunda. Un dolor que se me clava, joder.

Jo-der. Que se me clava. Cables de alta tensión. En esa pared pone cables de alta tensión.

Mira ahora si es que puedes. Mira dentro. Mis amigas están vivas. Estarán quizá volviendo a casa. Habrán parado a desayunar en el Vicente unas migas o una vegetal york o una york queso o un catalana con jamón. Tengo hambre. Estoy bailando en una plataforma agarrada a una barandilla de metal. Abro el bolso y saco los cascos. Enciendo el MP4. Los cerdos chillan. Se han despertado con los golpes. Chillan. Escucho el sonido del agua cayendo fuerte sobre la uralita. Un golpe. Un golpe. La gotera. Me duele el pecho por favor que venga mi madre. Los asesinatos. Las violaciones. Las guerras. Los niños. Los niños. Los niños. Las violaciones. Los asesinatos. Un alarido mental. La pantera gatea con los ojos amarillos. Ahora es el momento. El de las erinias. Aquí acaba. Estoy tan feliz. Estoy tan contenta. No SieNto Lo K eSo SiGniFiCa.

La pantera se abalanza contra mí.

La pitón en su cabeza.

La cabeza.

Abierta.

La boca.

Rota.

Un viento ligero en la frente. La respiración fuerte. Agitada. Los cerdos chillan. Le doy al *play* a mi MP4. Respiro hondo. Ta. Na. Na. *Oh. Baby. Baby.* Despacio. Guitarra flamenca. La plaza alta. El porrina. Mi casa. No quiero tener odio. El Guadiana. La Alcazaba. La feria al lado del Lusiberia. El 11M. La manifestación del No a la Guerra. Las clases de danza. El amor que no te di. Plancharme el pelo. Estudiar Historia. Es tan inmenso este campo. La altura de las encinas. Las bellotas en el suelo. No quiero tener odio. Aceitunas. Lejos de aquí. Me voy. Me estoy yendo. Mi gato. Ese gato que se pone encima de mi barriga cuando sabe que estoy triste. La Semana Santa. Bendita tú eres entre todas las mujeres. Claveles e incienso. La saeta. La Virgen. El Cristo el guapo de la iglesia de San Agustín. Bendito es el fruto de tu vientre. Una mierda. Quién me presta una escalera. Rocío Jurado. La cara de la Tati. Los cables caen. El techo de uralita se derrumba. Los cerdos tienen hambre. Abren la boca. Sangre en la boca. La pantera cae. Está inconsciente. Le abrazo. Mi color favorito es el negro. La cara de Sole. Comer un bocadillo del Picando Billetes. Un sonido rompe el cielo. Anestesia general. La cara de mi prima. Una bata verde. La lluvia es cada vez más intensa pero la paja arde. El techo de uralita se derrumba.

El último cigarro del paquete. Busco en los bolsillos del Santi el mechero plata. Tiene los ojos abiertos pero ya no respira. Mi habitación era un refugio y ahora tiene manchas de humedad. Suenan los primeros vientos. Estoy tan feliz. Tan tranquila. Un concierto de música sinfónica. Sé que me voy a curar. Mi familia. Qué dirá la gente. No quiero hacerles daño. No quiero abandonarles. No quiero la decepción. El techo se cae y nos aplasta. Podría haber sido diferente. Podría. Haber. Sido. Diferente. Si me hubieseis querido.

Me he esforzao mucho pa que me queráis. Me he abierto las venas. He entregao todo mi amor. Lo más puro. Lo más bonito. Os he confesao mis miedos más profundos. He acariciao su frente. Me he esforzao demasiao en seguir viva después de los golpes. De la humillación. He levantao la cabeza después de los insultos en la puerta del colegio. Aquí estoy.

Ya casi es de día. Siento un rayo de sol. Esto es como en las películas. Siento la fuerza de un dragón. El coraje y la fortaleza. La tengo porque nací en esta tierra. Extrema y dura. Me sostienen los árboles. El olor a encina. Mi casa. Estoy cansá. Ahogá de ansia. Se me cierran los ojos, pero puedo hacer que este agua, este fuego y este estiércol invadan la ciudad. Puedo hacerlo. Cañerías para la prevención de incendios. Un impulso eléctrico. Solo hace falta un pequeño impulso eléctrico para arrasar con toda la ciudad. Para que caigan piedras. Judith con la cabeza de la pantera. El último piti. Judith con la cabeza de Holofernes.

Siento calor en las manos. Me llevo el piti a la boca. Está mojao y pegajoso. Pegajoso y rojo. Sonrío. El humo entrando. Qué placer, amor. Qué gusto, amor. Llueve pero el fuego avanza. Todo a la vez. Coloco el cuerpo entre los cerdos. Ellos gruñen. Chillan, pero yo no les oigo. Abren la boca.

Camino hacia la moto. Me siento. Tengo la pitón en la mano izquierda. Con la otra mano apuro las caladas que me quedan del cigarro. Despacio. Estoy tranquila. Estoy en calma. El diafragma se relaja. La garganta se abre. El cuchillo sale de la tráquea. Abro mis manos en forma de cruz. Expando el pecho. *MY. SOLEDAD. IS. KILLING. ME.*

DaMe UnA SeÑaaaaaaaaaaAAAAAAAAAAaaaaaaaaaaaaaaaaaaaaaaaaaaaaaaaaaaaaaaaaaaaaaaaaaaaaaAAAAAAAAAAAAAAAAaaaaaaaaaaaaaaaaaaaAAAAAAaaaL.

Está diluviando. La ciudad entera bajo el agua. La ciudad entera ahogá.

Desde el agua que me envuelve te pido, Señora de la Justicia, que me enseñes el camino.

Semiótica

Varias cosas:

1. Las ondas-partículas pueden existir en diferentes lugares al mismo tiempo. Hasta que no son medidas/observadas, permanecen en un estado de indefinición, son y no son. Con nuestra propia mirada, provocamos que los protones asuman cierta posición definida.
2. Leonora Carrington y Remedios Varo.
3. «La batalla ya se está librando y, ahora mismo, el capitalismo la está ganando con holgura. La gana cada vez que se usa la necesidad de crecimiento económico como excusa para aplazar una vez más la muy necesaria acción contra el cambio climático, o para romper los compromisos de reducción de emisiones que ya se habían alcanzado». —Naomi Klein.
4. En verano, riega tus plantas por la mañana y por la noche.
5. Y bebe agua.

Desde la terraza de mi casa, incluso estando en Madrid, donde la contaminación lumínica es extrema, puedo distinguir algunas constelaciones. Aquellas que me enseñaba mi padre cuando era pequeña. Aquí Antares. Aquí Casiopea. Aquí la Osa mayor.

La Cruz del Norte. La estrella Sirio, la que brilla en muchos colores. Las estrellas nos parecen blancas, pero en realidad son esferas gigantes en llamas. Rojas y amarillas. Las vemos en su posición aparente, no en su posición real debido al movimiento de la Tierra. Ni siquiera están ahí ya. Algunas explotaron hace tiempo. Contemplar el universo es mirar al pasado. Lo sublime.

Allí arriba no hay este ni oeste, ni norte ni sur, ni delante ni detrás. El cosmos no tiene un lugar porque no hay espacio que lo contenga. Se contiene a sí mismo. Todo se mueve y se danza en el universo. Todo en un perfecto caos. Esta luz, que no puede reducirse ni a la materia ni al movimiento. Es onda y partícula. El constante movimiento del universo nos impide conocer algo. Acción imposible. Imposible afirmar una verdad de algo si el mundo no se detiene y tanto el observador como lo observado están en constante cambio. Un gerundio constante. No hay fin, no hay fragmento. Todo está siendo. No hay centro.

Estamos sedientos. Buscamos la luz. Un fuego. Un camino. Vemos una estrella fugaz y pedimos un deseo porque nos estamos viendo a nosotras mismas. Motitas de polvo. Y toda esta luz, todo este amor, proviene de un acto violento, de una explosión. Una sUpErNoVa. El universo es el resultado de millones de colisiones y tempestades en el que nada de lo que existe es estable. El desorden es la belleza. El caos cósmico produce quizá cierta angustia, cierto vértigo. Impotente ante el conocimiento. Por eso, después de una mirada profunda, llega el asombro. Impotente ante el conocimiento. La luz viaja a trescientos mil kilómetros por segundo. Impotente ante el conocimiento. Andrómeda terminará unida a la Vía Láctea. Impotente ante el conocimiento. El mayor impacto en la Tierra fue de Theia, un planeta hermano del tamaño de Marte, el rey rojo, tras el cual se formó la Luna.

Catalina. Impotente ante el conocimiento. La luz. La luz. La luz. Información que se envía. El movimiento. Un cuerpo. La luz del Sol tarda ocho minutos y veintidós segundos en llegar a la Tierra. Impotente ante el conocimiento. Impotente ante el corazón de la materia. Un 99 % de vacío. La esencia de todo es el vacío.

En el vacío está la luz.
En el vacío está la luz.
En el vacío está la luz.

Cuando nos aproximamos a la velocidad de la luz, el tiempo y el espacio cambian. Si nos transformásemos en luz, el tiempo se detendría y la distancia desaparecería. Todo sería un eterno aquí y ahora. ¿Es el tiempo y el espacio la condición de la experiencia o es la experiencia la condición del tiempo y el espacio?

Estamos hambrientas.

Es imposible que el mundo sea en esencia mecánico, pienso mientras termino un cigarro. Es posible que la causa de lo que hoy sucede no pertenezca al pasado, sino al futuro. La verdad es un problema sin solución. No, no hablo el lenguaje de las matemáticas. No. Es aquí, en esta terraza, en esta mirada, donde aparece la materia, donde se configura una hipótesis, un deseo. La palabra deseo proviene de los astros. Es en la palabra deseo donde aparece el movimiento y, si todo está en movimiento, no hay nada que permanezca. Nada que sea. La existencia y la no existencia se dan a la vez en el inicio del mundo. El ser y la nada. La eterna búsqueda. La eterna pregunta. Irse allí arriba, desde aquí, desde esta terraza, es irse a la primera pregunta, al inicio. Quizá el universo puede volver al origen, al punto cero. Quizá volver al inicio de la creación. Volver a Nut, la diosa egipcia del cielo. La que dio luz a los dioses. Volver allí y abrir la grieta para volver aquí. Volver es un verbo imposible si ya estoy donde he vuelto. Abrir aquí la grieta porque por la herida entra la luz.

Por la herida entra la luz.

Aun así, desde aquí no puedo ver lo suficiente. Desde aquí no puedo asombrarme al contemplar el cielo y es en el asombro donde me configuro y donde me encuentro con lo que soy. Es en el asombro donde descubro la belleza, la calma, la inmensidad de lo sublime. Es ahí donde me contengo a mí misma. En lo sublime es donde me contengo a mí misma. Es en el propio deseo de movimiento. Es en la danza, en la unión de lo que no puede estar separado, donde está la luz. Por eso es imposible habitar la luz sin haberse reconciliado con la sombra. Nada puede unirse porque nada está separado. No hay dualidad en el cosmos. La luz es de naturaleza participativa. Es en mí donde percibo. Onda y corpúsculo. Es en mi propia pregunta, en mi propia acción. Alcanzando la velocidad de la luz. Llegando al punto cero. La primera estrella. La primera explosión. La belleza. El origen. La música. Y me coloco en ese espacio en el que ya no estoy, pero que al volver asumo como presente. Tiempo-espacio y bucle. Porque si de aquí a allí es lo mismo que de allí a aquí y el viaje de ida y el de vuelta no significan nada más que la experiencia y la experiencia es la que es y el pasado no es verdad y el futuro no es verdad y solo el presente es, entonces yo soy lo mismo y soy completamente distinta. Una cuestión de perspectiva.

Recuerdo entonces, mientras termino este cigarro, que Ulises solo puede regresar a Ítaca si va dejando la Osa Mayor siempre a su izquierda.

Café con leche y catalana con jamón por favor

Son las ocho menos cuarto de la mañana. Estoy en el bar Vicente con mis amigas. La Tati, Sole, mi prima, Judith y también la Susi. He bailao demasiao. Me duelen los pies aunque nunca llevo tacones por si necesito moverme rápido.

Estoy cansada. Mis ojos se abren y se cierran despacio. Pido un café con leche y media catalana con jamón ibérico, por favor. Aquí en Badahó es el único posible, el jamón weno, el que pica un poquino en la garganta y que babea. Le quito la parte blanca porque no me gusta que la grasa del animal se me quede pegada a las paredes del intestino. El tocino. También lo quito cuando mi abuela hace pringá y no entiendo cómo el resto pueden introducirse sin remordimiento eso en la boca. Siento que, si lo trago, la mucosa del estómago lo absorberá y se quedará ahí para siempre. Impregnando mi cuerpo. Me da asco. La leche no me sienta bien del to. Después de tantos tequilas y absenta esta mezcla me revuelve un poco el estómago. El pan de la tostada esponja, protege. El pan con tomate. A mordiscos lo mastico lentamente, unas veinte veces por bocado, voy percibiendo cómo la miga pasa por mi garganta, baja por el esófago y llega hasta el estómago. Algo se calienta ahí abajo.

Siempre me agobia un poco cuando como. No consigo masticar sin pensar en que la comida está ahí para generarme cosas malas en el cuerpo. Observo a mis amigas comer y pienso si a alguna le pasa algo parecido. Si esto es eso que llaman cosas de chicas. A veces parece que no lo pienso. Engullo la tostada o un plato de arroz a la cubana y se me iluminan los ojos. Pero si te fijas bien, si consigues estar del todo observándome, puedes ver cómo detrás de mí hay una sombra negra. Un movimiento casi imperceptible de la pupila. Una mano que me agarra las tripas. He aprendío, no sé cuándo, que mi cuerpo únicamente recibe lo tóxico y que por sí solo no es capaz de limpiar los residuos y metales que ingiere. He aprendío también, que mi cuerpo crece crece crece y que es detestable. Un cúmulo de grasa putrefacta que se adhiere a las paredes que se adhiere a los órganos que se pega a las paredes del útero que por dentro todo es negro y que por mucha agua que beba no me limpio no me limpio no me limpio no me limpio. Sucia. Me da vergüenza. Pienso que quizá las demás me han visto comer demasiado, comportarme de una forma extraña y que pensarán que no tengo capacidad de control. Siento cómo mi barriga empieza a crecer. Que en este mismo momento mi cuerpo está cambiando de una forma radical y que ya no pueden verme de la misma forma porque ahora tengo un globo dentro. Un globo rojo que cada vez es más grande y cada vez es más grande por la mezcla de la pizza de ayer, del alcohol, del tequila, del limón y la sal. Por la mezcla del agua, el pan y el jamón. Me acuerdo de la frase que leí en una de esas revistas de moda saludable en las que salen mujeres rubias con pieles perfectas a las que se les notan las clavículas y las costillas y que envidio profundamente porque seguramente sepan hablar inglés o francés y que decía ERES LO QUE COMES. Pues una cerda soy. Una cerda. Una vaca.

Me levanto y entro al baño. Abro el grifo, agacho la cabeza y me meto en el cuerpo uno, dos, tres, cuatro, cinco, seis, siete y ocho tragos de agua. Estoy lista. Sé que así la comida pasa más fácilmente. No es que lo haya leído en ningún foro ni nada de eso. Es a fuerza de practicar. Los globos oculares se me mueven muy rápido. Entro en el baño y me arrodillo. Este gesto es importante. Me arrodillo. Aguanto la pared con la espalda. No puedo tardar mucho entre que bebo el agua y vomito. Pienso. Abro la tapa del váter e introduzco los dedos índice y corazón al fondo de la boca, que toque la campanilla. Aprieta, empuja, ahoga. Normalmente se tarda entre tres y cuatro arcadas en vomitar. La primera salida es la más fuerte y es ahí donde también empiezan a brotar las lágrimas. Algún conducto que une garganta y lagrimal. La tragedia. La derrota. Un líquido negro sale de mi boca como una fuente. Intento estar en silencio. Intento que no se escuche. Toso. Toso. Sigo insistiendo con los dedos para sacar todo lo que queda. Las manos mojás. Se me marca la vena de la frente. Siempre se me marca cuando me río mucho, cuando hago deporte o cuando estoy muy enfadá. Una combustión interna. Una convulsión. El diafragma se contrae y se relaja. El líquido negro sigue saliendo y yo empujo. Quiero notar la bilis. Quiero notar el ácido en los dientes pero sé que tengo que darme prisa. No puedo estar mucho más tiempo ahí o empezarán a sospechar. Restos de cerdo, de café, de absenta, de tabaco, de mí misma, de algo que ya no quiero dentro, que me está pesando, que me está manchando con petróleo y gas. Inflamable. Me reconozco inflamable. La tragedia. La derrota. Los dedos húmedos. Tiro de la cadena y carraspeo. Estoy limpia. No hay rastro de negrura. Estoy limpia. Esta es mi pena. Mi mentira.

Cojo jabón del dispensador con las yemas de los dedos. Introduzco los dedos en la lengua y frota, frota, frota. Limpio los dientes, la lengua, la campanilla, el paladar. Otra vez. Los dientes, la lengua, la campanilla y el paladar. Me miro al espejo y con los dedos corazón de ambas manos retiro el agua que me queda en el lagrimal mientras me doy cuenta de las pequeñas venitas rojas que tengo en los ojos por el esfuerzo. No necesito de mucho. La purga. Me miro en el espejo y sonrío. Disimula disimula disimula disimula. Estoy contenta. Pienso. Mentira. Estoy limpia. Mentira. Toda la materia oscura y grasienta que se había adherido ha desparecido. Ahora solo corre agua y luz por dentro de mí. Yo. La que todo lo puede. Por fin he conseguido apagar el cerebro. Apagué. Mi. Cerebro. OFF. El vómito como recurso para el apagón.

Ha desaparecido la ansiedad y ahora solo me queda el vacío.

A las once cojo el autobús. Pienso que me da pena no haber pasado esta noche con mi familia. Pienso en mi madre y en sus cuadros con hojas secas. Pienso en mi padre y en las lentejas que hace todos los martes. En las clases de mecanografía. En los partidos de baloncesto a los que iba con los aros rizados puestos. En los dedos hinchaos cuando me pegaba el balón. Pienso en mi hermana cantando Christina Aguilera. En la falda del colegio donde me guardaba las chuletas para que las monjas no me pillaran. En la Tati y sus bolsas de patatas Lays después de salir a correr. En la cantidad ingente de nicotina que aspiramos después. Pienso en Sole y en las noches haciéndonos cosquillitas hasta que nos quedamos dormías. En mi prima y en los viajes a la playa en los que nos ponemos un potingue naranja pa ponernos más morenas. En las clases de danza, en las mallas negras y los calentadores. Pienso en mi gato y pienso que verdaderamente son los animales más espectaculares del mundo. Un depredador que ronronea. Un gato negro. Pienso en mi ciudad, en lo hermosa que está Badahó a estas horas de la mañana. En los desayunos de los domingos. En las migas. En el mercadillo. En los libros que me recomienda mi padre. En las películas que me lleva a ver al cine Conquistadores o en el ritual de ir al videoclub cada jueves. En los bollitos de leche de la Cubana. En bailar como si fuera un delito. En los conciertos a los que me lleva mi madre. Que le encanta el jazz y la música negra. En sus manos. Pienso en mi abuela la Luna, que está aprendiendo a leer y a la que le encantan los zumitos de uva y ver las novelas de Antena 3 y que cuando me da treinta euros me dice mira, aquí tienes uno de veinte y uno de diez. Me sabe la boca a jabón. Me queda un poco de café. Le digo a mis amigas que se salgan fuera a fumarse un piti. El último piti juntas.

Afuera el sol enseña las ojeras del grupo. El calor no ha dado tregua en toda la noche. Ni siquiera una brisita suave de madrugá. Judith se sienta a mi lado y me posa su mano derecha en la pierna. La siento cerca y respondo colocando mi mano izquierda encima. La Tati tiene que irse al pueblo hoy porque se ha muerto el padre de una amiga suya. Sole tiene que dormir, pero poco, que mañana tiene un examen importante. Mi prima hoy no dormirá y se quedará en el sofá pensando en cuánto me va a echar de menos. Esto lo sé. La Susi ha quedado con ellas el miércoles. Se pondrán el DVD de Batuka en la televisión y se mearán de la risa de lo torpe que es Sole con los pasos, con lo sencillos que son. Las miro y me alegra profundamente de que por fin Susi esté en el grupo. Estamos en casa. Aquí estamos en calma. Estamos protegidas. Nada malo pasa. No hay león, ni tigre, ni pantera que pueda atravesar este círculo. Estamos juntas. EsTaMos JunTas.

No me despido porque no me gustan las despedidas. Digo, venga, anda, nos vemos en los bares y comienzo a caminar hacia mi casa. To está cerrao. Es domingo y es día de to cerrao. A nadie se le ocurre salir a trabajar-ser explotado. Atravieso la avenida Cristóbal Colón hasta la calle Santo Domingo. Me cruzo con una señora de ojos azules y pelo blanco que pasea a su perro. Un perro grande y negro. La señora me mira y sonríe. Mira las mozas, cómo disfrutan de la juventud. Piensa la mujer. Respondo con su mirada un buenos días. Subo la calle Juan Carlos I donde hay un kiosko en el que venden castañas en invierno. Pienso que ojalá fuese invierno y poder comprar unas castañas asadas, que se me queden los deos negros y limpiarme con el papel del periódico que las envuelve. Entro en la iglesia de las Descalzas. Algo abierto un domingo. Me siento en la tercera fila. Respiro. La iglesia está vacía. Aquí dentro se está fresco. Me quito la coleta. Me tiraba ya demasiao. Me masajeo con las yemas de los deos el cuero cabelludo. No es que me sienta muy identificada con este espacio. Pero me gusta el olor y el silencio. Además, me relajan las velas encendías. El color de la llama, la forma. Amarillo, naranja, rojo, verde, violeta, índigo. El silencio. Por fin el silencio. Cierro los ojos y que vengan a por mí. Que vengan a por mí. Tengo sed. Pero no de agua. Una rabia contenida. Un agujero ya hondo. Profundo. A dónde fueron los que hablaron de amor. Demasiado pequeña todavía. El amor, el deseo, rotos. El cuerpo morao. Los golpes ya dentro. Aquí por fin expulso todo el aire que me queda en los pulmones. Aquí descanso. Pongo las manos en mi pecho y respiro profundo. Se me cae el agua de los ojos. Suave. Muy suave. Muy suave. Suave. Muy suave. Templada. Agua templada. Muy suave. Agua templada. Agua templada suave. Muy suave. El pecho blando. Suave. Muy suave. Se me cae el agua de los ojos.

Al salir me encuentro a una mujer de unos treinta años. Está sentada en el banco que hay enfrente de la iglesia. Lleva puesto un pantalón de chandal negro y una camiseta blanca muy ancha de *Buffy, cazavampiros*. Está liándose un cigarro. Es guapa, pero parece cansada. El pelo largo negro recogido en un moño con una pinza dorada. Le pido un cigarro. La mujer sonríe con los ojos y me da el tabaco, las boquillas y el papel. Gracias. Descansa, me dice. Ya sí, es que menuda noche, pero ya está. Ya está.

El tiempo se acelera y el espacio se pliega en un presente infinito.

Mis padres me llevan a la estación de autobuses. Todo está preparado. Yo sé que mi padre tiene un poco de miedo. No le hace ni mijina de gracia que me vaya a Madrid sin na fijo, sin na claro. Pero también sé que no tiene que angustiarse mucho, que a cabezona no me gana nadie y que buscaré un trabajo de dependienta mientras me preparo las pruebas pa entrar en la escuela de danza. Ya sé que esto que yo he elegido es muy difícil y lo del plan B y tal pero es que no quiero hacer otra cosa. No KieRo HaCeR oTra CoSa. También sé que, aunque mi madre no lo diga, está triste porque me voy, que aunque diga que las hijas han de buscarse la vida fuera del nido, le duele un poquino el pecho porque lejos es lejos. Les quiero muchísimo aunque no les cuente lo que tengo dentro. Les quiero muchísimo aunque a veces no lo haya hecho bien. Hablamos de cosas sin importancia durante el trayecto. Hablamos de que a ver qué tal los primeros doce días de agosto, que eso predice cómo será el clima el año que viene. Debería llover un poco más, dice mi madre. Mi padre me ha preparao comida que me da en *tuppers* de arroz tres delicias del restaurante chino al que siempre pedimos los viernes. Igual podríais venir este invierno a Madrid y compramos entradas para ver el Circo del Sol. Mi madre me da su anillo de siempre, ese que se compró con su primer sueldo. Un pellizco al estómago.

En la estación están todas. Mi abuela me ha traído emblanco. Mi prima me ha traído nevaditos y una botella de agua. Tatiana unas patatas Lays para el viaje y Sole me da un termo azul con agua caliente. Hos-ti-as. Hos-ti-as, colega. Qué puta fortuna. Se me abre el pecho y de dentro sale un llanto fuerte. Un llanto enorme. Me abrazan. Estamos juntas. Estamos juntas. Todo va a salir bien.

Venga anda, ya basta, que me voy, que al final pierdo el autobús. Que no vayáis a creer que me voy a poner ahora romántica y a despedirme en plan telenovela. Que no, que me voy. Que venga, que sí, que os quiero mucho. Venid a verme. Pero vamos, que el fin de semana que viene me tenéis aquí, aunque el puto autobus Madrid-Badahó son casi setenta euros. En tren ni de coña. Ni me lo pienso. Es más caro y a saber si llego. Ya sabemos que aquí nadie nos hace ni puñetero caso cuando pedimos lo del tren y demás. (Subo al autobús). Pero es que estamos aquí perdíos de la mano de Dios y como no somos gente del norte pues QuE NoS PiQuE uN PoLLo. (Me siento al lado de la ventana). Pero que yo no me quejo, que yo siempre he vivido bien ¿eh? Que a mí nunca me ha faltao de na. (Enciendo el MP4). Que yo iba a colegio concertao bueno y que en mi casa siempre había comida. Que los veranos siempre hemos hemos tenío quince días de vacaciones. A la nieve y a la playa. (Me quito el collar de perlas). En mi casa nunca ha faltao de na. (Me pongo los cascos). Que de entre mis amigas yo era la pija del grupo y entre las pijas yo era la choni. (El autobús arranca y sale de la estación). Que a mí nunca me ha faltao de na y eso lo sabe el señó. (Suena *A mi manera* de Siempre así). Que en mi casa siempre de to. (Apoyo mis pies en el asiento delantero). Que mis padres me llevaban una vez a la semana al cine. (El autobús deja atrás San Roque, las Malvinas, el Reino Aftasí, la última rotonda de Badahó). Que mi madre ha estao en Nueva York. (Siento algo húmedo entre mis piernas. Joder, me acaba de bajar la regla). Que me daban mil pesetas los miércoles. (Un cartel azul). Que quizá nos falten las palabras sí. (Madrid 400 km). Quizá nos falte la teoría.

Y qué.

Semiótica

Varias cosas:

1. El aceite de cáñamo es bueno para las contracturas.
2. El Proyecto Manhattan era el nombre en clave de un proyecto de investigación llevado a cabo durante la Segunda Guerra Mundial por los Estados Unidos con ayuda parcial de Reino Unido y Canadá. El objetivo final del proyecto era el desarrollo de la primera bomba atómica. Resultado: *Little Boy*.
3. En palabras de Berkeley, ser es ser percibido. *Esse est percipi*.
4. Kali es la diosa hindú de la muerte y el renacimiento. La realidad última y la fuente del ser. Considerada diosa de la aniquilación. La muerte del Ego. Diosa del tiempo capaz de destruir cualquier conciencia falsa. Es infinita, está en todos los tiempos y espacios. La violencia y el amor. Encarna la liberación y la transformación.
5. Arché o el principio de todas las cosas.
6. Newton era alquimista.

En la furgoneta de vuelta vamos Alberto, Álex, Nico, Juana y yo. La furgoneta es azul y en el lado derecho lleva unas pegatinas blancas en las que pone «Solo Runners», pero que yo sepa en este grupo nadie sale a correr. Alberto conduce y nos va contando que está agotado porque en su equipo de salud mental en calle cada vez son menos enfermeros y que no están queriendo meter a más personas. Alberto es de Burgos, pero vive en Madrid hace diez años. Le conocí en las fiestas de San Isidro y desde entonces no nos hemos separado. Es la persona más divertida que conozco. Cuando murió su madre, hace un año, nos escribió al grupo que tenemos de WhatsApp que se llama *El món és una merda últimament* diciendo que su madre ya estaba oliendo flores por debajo. Ha estado roto, completamente, pero en su humor está su venganza. Su resistencia. Álex es de Algeciras, pero vive en Madrid desde hace catorce años y desde entonces le conozco. Álex es como mi hermano. La persona que más escucha y más entrega. Es la persona a la que llamo cuando aún tengo miedo. Álex viene con la herida del niño al que en el colegio machacaban por maricón, pero no ha dejado de entregar amor a pecho abierto. Ha estado roto, completamente, pero en su amor está su venganza. Su resistencia. Nico es de Málaga, pero lleva viviendo en Madrid veinte años. Nico es actor y lo conocí en mi primer trabajo. Fue el que me ayudó a preparar algunas frases que tenía que decir en un montaje de danza-teatro terrorífico en el que yo bailaba con un vestido medio transparente y decía un texto mal escrito imposible de sostener. Nico parece que está en la sombra, pero es él quien siempre está pendiente de cuidarnos. Hace poco se separó de su marido. Ha estado roto, completamente, pero en su coraje está su venganza. Su resistencia. Y Juana. Bueno, Juana. Ella es de Terrassa y no vive en Madrid desde hace años. Antes de ser bailarina trabajaba en el Caprabo. De adolescente tuvo problemas de anorexia y se enamoró toxicamente de una mujer bastante más mayor que ella. Juana es una mezcla entre una supermodelo y un señor mayor. Le gusta dormirse pronto, hacer sesiones de reiki, el flamenco, mostrar sus miedos y tomarse un Colacao de vez en cuando. Ha estado rota, completamente, pero en su consciencia está su venganza. Su resistencia. Sé que esto es importante. Lo que estamos haciendo es importante. Nos caeremos y nos levantaremos juntas y transformaremos la forma, porque la forma es lo de menos. Sabremos que no hay juicio y que a veces es posible el amor desde la calma. Nos haremos daño sin querer, pero sabremos que es posible el amor desde la calma. Que no hay luz sin oscuridad y que hay Feria de Abril en la Barcelona charnega. Bien de amores. Encenderemos velas y palo santo en todos los espacios que habitemos. Pensaremos en ser DJs y en montar una casa rural con tres habitaciones en las que desarrollar residencias artísticas. Viajaremos poco, prepararemos *shows* cutres para la boda de Alis y nos compraremos chandals sin parar. Discutiremos. Miraremos dentro, muy dentro. Todo será y todo ya ha sido.

El cartel PROVINCIA DE BADAJOZ aparece a lo lejos. Las encinas, los alcornoques y los aromas viejos de mi tierra me acercan a casa. Se me eriza la piel cada vez que hago este trayecto Madrid-Badahó.

El aire está caliente en este mes de julio aunque aún es pronto. Entramos por San Roque. A lo lejos la Alcazaba, inmensa y llena de todo lo que fuimos. Les cuento que allí arriba es donde iba con mis amigas a ver las puestas de sol en verano. Abajo el puente de los Tres Poetas o de los Cabezones, como decimos nosotras. Han dejado precioso el paseo fluvial. Suenan unas palmas. Siempre pienso al regresar aquí, que es una tristeza que de meseta pa arriba no se sepa tocar las palmas. Aquí, vayas donde vayas, la gente tiene compás. Un fandango, una bulería. A mí me sigue una estrella chiquinina. Un jaleo, una alegría. Allí están, cantando por soleá. Unas palmas suenan y a mí se me hincha el pecho. Lo más atávico. Una guitarra. La plaza alta.

Antes de llegar a casa me piden que demos una vuelta por el casco antiguo. Aparcamos la furgoneta en el *parking* de San Atón y salimos en busca de un sitio para desayunar mientras aviso a mi prima de que ya he llegado y que nos vemos esta noche. Mi prima está embarazada y sale de cuentas la semana que viene. Pasar los últimos meses de embarazo en pleno verano en esta tierra es para que le pongan un altar, pero yo me alegro de que la niña vaya a ser Leo.

Mientras desayunan en una cafetería de San Juan aprovecho, y con la excusa de ir a comprar unos bollitos de leche de la Cubana, camino un rato sola por el que es mi barrio. Es domingo y es día de descanso y celebración. La energía de las calles es pausada. No hay urgencia ni tensión. El sol aprieta aunque aún es temprano. Caminar sin objetivo donde llegar. Sin consumo ni acumulación. Caminar como ritual sagrado. Caminar como acto de desobediencia. Las calles están vacías. Aún es temprano.

En la plaza de las Descalzas me siento a liarme un cigarro. Hace calor. Una muchachina de unos diecisiete años sale de la iglesia. Pienso que es extraño que a esta hora una muchachina tan pequeña salga sola de una iglesia. Tiene pinta de no haber dormido todavía. De haber estado bailando toda la noche. Parece cansada. Lleva un pantalón vaquero de cintura baja y campana, un top azul atado al cuello y el pelo suelto. Me mira y se acerca. Me pide fuego. Descansa, le digo. Ya sí, es que menuda noche, pero ya está, ya está, responde. Todo está bien. Todo va a estar bien, pienso.

El tiempo se acelera y el espacio se pliega en un presente infinito.

Mi madre abre la puerta de la cancela. Las gallinas corretean entre los olivos. Los gatos están tumbados al sol. La higuera empieza a estar llena de frutos. Jacha, Jigo y Jiguera. El limonero pleno. La hierbabuena brota salvaje entre las jaras. Dicen que la flor de jara simboliza la resistencia y la resiliencia porque crecen en climas áridos y son capaces de prosperar en condiciones difíciles. La jara. La tierra llena de vegetación. Las cinco llagas. Capaces de rebrotar mediante vástagos que se generan a partir del cuerpo del individuo quemado. El sol aprieta. La alberca llena. El agua clara. El porche fresco. La sal. Un sonido de chicharra. La casa blanca y fresca. El verano. Un silencio. Un descanso. El ser. Lo importante.

Entro en casa y huele a incienso, gazpacho y tortilla de patata. Subo las maletas a la habitación y me pongo un pantalón de chándal corto y un top blanco. Hace mucho calor. Mi madre me llama y me pide que baje a encender el motor que se ha quedao sin agua en el bidón.

Al salir allí están, mis imprescindibles de los 2000 y mis imprescindibles de hoy. Lo primero que pienso es que no puedo entender cómo no me he dado cuenta de que iban a montarme una fiesta sorpresa si siempre consigo adivinar lo que están pensando. Alberto, Nico, Álex y la Juana me miran con picardía. Cabronas, pienso, y lloro un poco.

La mesa es enorme y hay mucha comida. En el altavoz suena La LuZ, una *playlist* que hice después del viaje a Marruecos. Comemos sin miedo. No hay tigre. Mi amiga Amyra ha mandado un cuscús con verduras que nos durará cuatro días. Disfrutaremos comiendo. Mucho. No habrá ninguna voz que me perturbe este momento. Es posible vivir en calma. Es posible que el cuerpo no me pese. Hay formas posibles de existencia que no son la angustia ni la definición de la identidad. Se puede transformar toda la oscuridad en luz y tener derecho al descanso. Comeré tranquila mientras hablo y canto con mi gente. Después jugaremos al *Dixit*, al sombrero, a las cartas. Contaremos acertijos y adivinanzas. Nos bañaremos en la alberca y nos tumbaremos un rato a tomar el sol. Ese sol poderoso de Extremadura. Bailaremos. Sobre todo bailaremos. Veremos el atardecer entre olivos. Los naranjas llenan el cielo. La difracción de la luz.

La noche llega y empiezan a asomarse las primeras estrellas. Desde aquí se puede ver la Vía Láctea. Se distinguen perfectamente las constelaciones, y son tantos los astros que hay más luz que oscuridad. Diminutas luces blancas invaden el cosmos. El asombro. Sabemos que esta noche es importante. Sabemos que los ciclos y los inicios son importantes. Sabemos que estar aquí es importante y que, aunque volverá el miedo y la angustia porque no te puedes desconectar del todo de la esencia o del mundo, tener un sitio donde volver y rendirse es una victoria. Saber a dónde volver es una conquista. Misticismo cultural. A lo lejos una guitarra. Mi madre tararea una versión de *A mi manera*.

Estoy tumbada mirando hacia arriba. Hago tres respiraciones profundas y pienso que no puede haber gente a la que le sea indiferente mirar al cielo. Pienso también en lo bonita que es Badahó en las noches de verano. Inspiro en uno, dos, tres, cuatro. Expiro en cinco, seis, siete, ocho. He construido un refugio. Siento la fortuna de la que se sabe amada. Sé que tengo el derecho. Encuentro aquí, en este círculo, un espacio donde descansar. Serenamente. Esta es mi venganza. Mi resistencia. Ha sido así. Tal vez lloré fuerte y tal vez no siempre supe hacerlo bien. Tal vez tuve mucho miedo. O tal vez no.

Una estrella fugaz atraviesa el cielo. Pido algo. A mi manera.

¿Sabéis que en realidad esas estrellas no estaban en esa posición y que estamos mirando al pasado?, dice Álex. ¿Sabéis que el inicio de todo fue una explosión?, dice Sole. Bueno, ¿y cómo es eso de que si el Sol se apaga tardaríamos en quedarnos a oscuras casi nueve minutos?, dice Alberto.

Alis suelta una carcajada y dice: Bueno, a ver, amigas, ¿que sois ahora todas expertas en física?

A ToDaS

A María, Ana y Lupe por ser inspiración de lo más real.
A la Vero, por acompañarme en cada palabra,
en cada revisión, en cada nueva forma.
A Kike por ser mi pecho abierto a la entrega.
A Esther por la escucha y la verdad.
A la Bañuls por ser impulso.
A mis padres por traerme aquí.
A mis hermanxs por el amor incondicional.
A Nacho y Arturo por sostenerme
y ser capaces de abrir las grietas.
A Rafael por expandirme.
A Belén, Zacarías y Manolete por elevar y sublimar mis ideas.
A mí dos Catalinas, por existir en una.
A Extremadura.
A Andalucía.
Al Gazpacho y la tortilla de patatas.
A Jara.
A todas las Jaras.

GraCias x SeR PaRte Del ToDo.
PoR SeR La LuZ.

^^Os Kieroh MuXo^^

Este libro terminó de imprimirse
el día 20 de abril de 2025
mientras desayunábamos unas migas.